Old Vampire and a Holy Girl
稲荷竜
Inari Ryu
Illustration 晩杯あきら
おっさん吸血鬼と聖女。
JN178353

聖女
教会から来た善意
100%の少女。
おじさんを社会復帰
させたい。
眷属
吸血鬼の力で
人型になった元
コウモリ。無口。
ドラゴン
吸血鬼の宿敵、竜王。
今は自称「犬」。

吸血鬼
世界中で恐れられた吸血鬼の王。今はヒキコモリのおっさん。
竜の末裔で吸血鬼の魔法使い
聖女の友人。実際は単なる人間で、厨二病。
妖精
筋トレ大好き!

Contents

Old Vampire and a Holy Girl

ダッシュエックス文庫

おっさん吸血鬼と聖女。

稲荷　竜

1話　それでも吸血鬼は城から出ない

「朝ですよー！」
ガッシャアア！
分厚く黒い遮光《しゃこう》カーテンが一気に引き開けられる。
お部屋に容赦《ようしゃ》なく入り込む真っ白な朝の日差し。
あらわになるのはゴシック&アンティーク調の家具が配置された広い部屋だ。
ただし、部屋の広さに比して、物は少ない。
壁際《かべぎわ》にタンス。
そして——
「ギャアアアアアアアア！」
部屋の中央のベッドから、野太い叫び声。
声の主《ぬし》は天蓋《てんがい》付きのゴシックなベッドで転げ回るおっさんだ。
長い白髪頭《しらがあたま》の、筋骨隆々《りゅうりゅう》な、ガウンめいた前あわせのパジャマを着た——
瞳の赤い、おっさんだ。

「おじさん、朝ですよ！」

にこにこと楽しそうに笑いながら、少女がベッドに近寄る。

そして、小さな体からは想像もできないほどの腕力で、ブランケットを引きはがした。

「おじさん、朝！」

「朝日が痛い！」

「もう、そんな、ダメですよ。そういうの、通じませんから」

「ねえ聖女ちゃん、ねえ、あの、おじさん朝はダメだって言ったよねえ？」

「そんなんだから、社会復帰できないんですよ」

もう――と頬をふくらませる、小動物みたいな女の子。

色白の、男性は困り果てた顔で赤い瞳を向けるしかできない。

このやりとりは、最近毎朝やっている。

しかし――今日もやらねばならないだろう。

ベッドのふちに腰かける。

容赦なく入り込んでくる朝日に目を細めながら、男性は言う。

「あのねえ、おじさん、吸血鬼なの。朝日で死ぬの。わかる？」

「生きてますよ！」

「まあ、強いから室内に差しこむ朝日ぐらいじゃあ死なないけど……つらいのは、つらいんだよねえ。ほら、吸血鬼だし」

「もう、なにを言ってるんですか。吸血鬼なんて、お話の中にしか存在しませんよ。騙《だま》そうとしたって、ダメなんですからね」

これなのだ。

男性は、かつて悪逆非道の限りを尽くした——本物の吸血鬼だ。

しかし暴れるのにも飽きて引きこもり、引きこもっているあいだにすっかり枯れて——

もうあんまし血もいらないし、生きるだけならたまに動物でも襲えばいいやというぐらいまでモチベーションダウンしてしばらく外に出なかったら——

自分以外の吸血鬼は絶滅していた。

今では『吸血鬼』なんて、お伽噺《とぎばなし》の中にしか出ない存在らしい。

ドラゴンなどとひとまとめに『幻想種《いないもの》』呼ばわりされている。

かつて世界中から恐れられ、『神に敵する真なるバケモノ』『吸血鬼たちの王』と呼ばれた男性も、今では『郊外の古城に住み着くヒキコモリ』扱いだ。

時代の流れが身に染《し》みる。

少女はやる気に満ちた表情で——

「大丈夫ですよおじさん」

「なにがかな」

「社会になじめないおじさんを社会復帰させるのも、我々の役目です。神はいつでもあなたの味方ですよ」

「どうかなあ……おじさん、どちらかというと神の敵対者側なんだけど」

「大丈夫です。わかりますよ。『神は俺の敵だ』とか『俺は吸血鬼だ』とか言いたくなる時期は誰にでもありますからね」

慈愛に満ちた微笑みを向けられた。

どうやら痛い若者みたいに思われているらしい。

手に負えない。

これが武威《ぶい》をもって城から出て行かせようとしてくるなら、男性にもやりようがある。

だが、あくまでも改心を求められると、どうにもモチベーションが湧かない。

もともと争いとか支配とかに飽きて引きこもっていたのだ。

戦うのはこたえる――なんというか、節々《ふしぶし》に。若くないのだ、もう。

「……毎日毎日元気だねえ、君は」

男性は枕元をさぐる。

そして、パイプを手にし、魔法で火を点《つ》けて――

「毎日おじさんのところに来て、お父さんとお母さんは心配しないのかな？」

「いないので全然大丈夫です！」

「……ああ、それはその、悪いことを……」

「もともと、我らの神殿では捨て子の中から聖女を選びます。捨て子というのはつまり、神が遣《つか》わした子なのです。ようするに、私のお父さんとお母さんは、神様なのです」

「君は元気でいいねえ」

「はい！　元気がいいというだけで今期の聖女に選ばれましたから！」

「そうかい」

紫煙《しえん》をはき出す。

と、「けほ、けほ」と少女が咳《せ》き込んだ。

男性はうろたえる。

「ああ、すまない、すまない。そういえばタバコは苦手だったか」

慌《あわ》てて灰を落とした。

ザザザ、と影が動いて灰を呑み込み、運んでいく。

その光景は彼女には見えていないだろう。

聖女はちょっと涙ぐみ、目をこすりながら、

「い、いえ、お気になさらず！　わたしはもう、なにが起きても全然平気です！　おじさんを社会復帰させるまでは、どんな仕打ちにも耐えてみせますから！」

「今のは、おじさん、悪意なかったんだけどねえ……」

「はい！　おじさんはいい人です！」

「……そうかい」

「社会に出てもきっとやっていけますよ！」

どんな会話をしても最終的に社会に出ろと言われる。

つらい。

男性は額《ひたい》に手を当てる。

そして――

「いいかい、聖女ちゃん、私はね、別に働かなくてもいいんだよ。住む場所には困ってないし、働かなくても食べていけるんだ。だから君も、私を外に出そうだなんて無駄なことはあきらめて、私以外の困ったちゃんのところへ、その元気をとどけてあげなさい」

「でもおじさん、このお城の正式な主《あるじ》じゃないですよ？」

「いやあ……ここはおじさんの城なんだけど……」

「でも法律上は不法占有ですよ？」

「……あの、数百年前からここで寝起きしてるんだけどね」

「数百年前……ああー……はい、そうですね」

「痛い若者の妄想《もうそう》じゃなくてね？　おじさん、もう本当、何度も何度も正直に言うけれど、吸血鬼で、六百年ぐらい生きてて、ずっとこの城で寝起きしてるからね？」

「本当に吸血鬼なら、なにか吸血鬼らしいことをしてみてください！」

「うーん……」

男性は困ったようにうなる。

吸血鬼らしいことをしろと言われても――

とりあえず、見つめてみる。

吸血鬼の瞳には『魅了』の魔法が付与されている。

異性も同性も問わず、これだけ至近距離でジッと見つめれば、だいたいの相手はメロメロになる（死語）のだが——

「……どうしました？」

聖女は首をかしげるばかりだ。

……やはり、効かない。

対魔力——というか、無効化のようだ。

世が世ならこんな僻地《へきち》でおじさんの介護に回されるような人材ではなかっただろう。

ならば——

男性は、聖女の首筋を見る。

露出の低い服装。

それでも首筋は露出していた。

真っ白い肌。

若々しい——そこに牙《きば》を突き立てて直接『魔法を流し込めば』、いかに彼女でも無効化できないだろう。

だが——

「……うーん、なんか、いまいちこう、沸き立たないんだよねえ」

「はい？」

首筋に牙を突き立てる――それは性行為に近いのだ。

男性は、少女を見る。

桃色の髪。

健康的でハリのある肌。

顔立ちは快活そうで、露出の少ない格好だけれど、全身から『元気!』という感じが振りまかれている。

年齢は――十代半ばかそこらだろう。自信はない。人の年齢が男性にはよくわからない。

なんていうか――そう。

性愛の対象じゃない。

娘的な感覚で、とてもじゃないが、モチベーションが湧かない。

「私が吸血鬼だということを示すのは、君がもっと大人になってからかねえ」

男性は笑う。

少女は首をかしげる。

「どういう意味ですか?」

「いやいや。とにかく――おじさんのことはあきらめて、他に行きなさい」

「ダメです! こんなところで寂《さび》しそうに昼夜逆転生活をしているおじさんを放っておくわけにはいきませんから!」

「困ったねえ」

男性は笑う——笑うしかない。
これが最近、枯れ果てた吸血鬼の日常におとずれた、小さな変化。
毎朝こんな会話をしていて、少しずつ生活サイクルが健康的になっているが——
それでも吸血鬼は、城から出ない。

2話　だから吸血鬼は部屋から出る

「朝ですよー！」

ガッシャアア！

分厚く黒い遮光カーテンが一気に引き開けられる。

お部屋に容赦なく入り込む真っ白な朝の日差し。

「ギャアアアアアアアア！」

野太い叫び声。

声の主は天蓋付きのゴシックなベッドで転げ回るおっさんだ。

「おじさん、朝ですよ！」

にこにこと楽しそうに笑いながら、少女がベッドに近寄る。

そして、小さな体からは想像もできないほどの腕力で、ブランケットを引きはがした。

「おじさん、朝！」

「君……君ねえ……毎朝毎朝、やめてくれないかな……おじさんは朝日に弱いっていつもいつも言っているだろう？」

「でも、そんなこと言っていたら社会復帰できませんよ！」

いつもこうなのだ。

おじさん――男性は吸血鬼である。

それも『夜の王』『慈悲なき闇の支配者』と数百年前に恐れられた、吸血鬼の王だ。

ただ、色々飽きて城に数百年引きこもっていた結果――

世の中で吸血鬼は絶滅し、いつの間にか『お伽噺《とぎばなし》にしか存在しないもの』になりはててしまったのだった。

だからいくら吸血鬼と名乗ったところで、痛い妄想をぶちまける若者と同じようにしか見られないというのが現状である。

男性は少し、切なく思う――かつては名前を聞くだけで人々が震え上がった闇の支配者も、今は若い女の子にただのヒキコモリ無職と思われ社会復帰をうながされる日々だ。

男性はため息をつき、枕元をさぐる。

と、酒瓶に手が当たった――睡眠導入用に飲んでいた琥珀《こはく》色の酒だ。

最近は夜に早く寝るので、こういうものも必要なのだった。

瓶のまま、軽く一口飲む。

舌を焼くような強めのアルコール。

しかし転がすほどに刺激はまろやかに感ぜられ、木々を思わせる風味と、果実のような甘やかな酸味がふわりと口内に広がる。

甘さを感じるまで転がしてから、喉《のど》に落とす。

焼けるような強さが喉から胃へ落ちていく。

男性はパイプを手にとり、ふかした。

酒のあとの一服は、ただの一服とはまた違った絶妙な味わいがあり——

「……と、君はタバコが苦手だったな。すまない、今消すよ」

「い、いいえ、お気になさらず！」

少女は笑顔を浮かべる。

でも、口元をおさえているし、目元には涙が浮かんでいる。無理をしているのだろう。

男性はパイプの灰を落とし、

「毎朝言っていることだけれど、別に、私は社会復帰なんかしなくってていいんだから、私よりも困ったヒトのところに行った方がいいよ、君は」

「いえ、こんな歴史的資産価値がありそうな古城を『私の城だ』と占拠してるおじさんより困った人はそういません！　だから神殿からわたしが派遣されているのです！　こんな困ったおじさん、わたしが救わなければ！　聖女の、わたしが！」

今日も聖女は元気いっぱいだった。

男性はため息をつき、酒をもう一口ふくんだ。

口内で転がせば、先ほどより刺激はやわらいでいる。

より甘みを強く感じることができた——何年ものの蒸留酒だったかな、と男性は瓶を見るけれど、ラベルはなく、薄緑色の瓶の中にわずかな液体が見えるだけだった。

「ああ、もう酒がないな……貯蔵庫にはあったか……」

「おじさん！　朝からお酒なんか、ダメですよ！」

聖女が頬をふくらませる。

男性は無精ヒゲの生えた顎《あご》をなでて、

「ふぅむ……しかしね君、最近は酒でもなきゃやっていられない。これぐらいは許してもらいたいものだが」

「夜ならいいですけど、朝からはダメです！　朝に飲むお酒の一滴は、社会復帰を一週間遠ざけるんですから！」

今日も聖女は男性を社会復帰させようと一生懸命だった。

男性はため息をつき——

「わかった、わかった。それじゃあ、酒は下げさせよう」

「ええ。そして外に出るんです！」

「いやあ、おじさん、太陽に弱いからねえ。……おい」

男性がパチンと指を鳴らすと——ガチャリ、と部屋の扉が開かれた。

入ってきたのは、幼い少女だ。

髪が短いのもあって容姿は中性的だが、メイド服を着ているので、女性に見えた。

片目を黒髪で隠したその少女は、無表情のままぺこりと礼をする。

男性のベッドに近付いて酒瓶を受け取ると、またぺこりと礼をして部屋から出て行った。

「酒は下げさせたよ。これでいいだろう？」

「……いやいやいやいやいや！　今の誰ですか⁉　おじさんの娘……いえ、お孫さんですか⁉」

「眷属《けんぞく》だよ」

「けんぞくぅ⁉」

「最初はただのコウモリだったんだがねえ。おじさんが引きこもっているのを助けさせているうちに、どんどん家事とかに便利な体に変化していったんだ」

「でも、どう見ても幼い女の子でしたけど⁉」

「幼い――わけではないはずだよ。ああ、そうか。どうだい、お嬢さん。眷属がいるというのはいかにも吸血鬼っぽくないかな？」

「……そんな……」

聖女がよろめく。

男性は『ようやく信じてもらえたか』と胸をなでおろしたのだが――

「まさかおじさんが、幼い女の子のヒモだったなんて……！」

「……あれ？　そういう解釈になる？」

「だ、だって、おじさん、あの女の子に家事を任《まか》せて引きこもってるんですよね⁉」

「まあそうとも言うかな……」

「ダメですよ！　わたしの調査だと、無職男性の九割は部屋の掃除が苦手で嫌いで、下手《へた》するとしたことさえないんです！」

「どうやって調べるんだい、そういうデータは……」

「だからおじさん、まずは、無職の精神をどうにかするために、おうちを掃除しましょう！」

聖女が拳を握りしめる。

男性は思わず扉の方へ振り返った。

城だ。三階建ての、よく近くを通った子供に『ボロ！』と笑われる城である。

立派な尖塔《せんとう》が三つもついていて、外壁はいい感じに真っ黒だ。

広さは――広さはどうだったか。……狭くはないと思う。

具体的に何部屋あるとかは、部屋から出てない期間が長いのでちょっと思い出せないが――

十や二十じゃきかなかったはずだ。

「……いやあ、この家を掃除するのは、普通に就職するよりつらいと思うんだけれどねえ」

「だからいいんですよ！　大丈夫、わたしもお手伝いしますから！」

「一日とか二日では終わらないと思うよ」

「精神鍛錬になりますよ！」

拳を握りしめ、聖女が言う。

男性はどうやってあきらめさせようか考えて――なにも思いつかなかった。

「……仕方ないか」

男性は覚悟を決めた。

まあ、それでも——吸血鬼は絶対に家から出ない。……部屋からは、出ることになったけれど。

3話　実は眷属はしゃべりたくない

朝に目が覚めた——のだと、思う。

「……おや？」

男性はベッドで上体だけ起こし、首をかしげる。

周囲を見回す——が、見慣れた部屋だ。

そこそこの広さ。床一面には深紅《しんく》のじゅうたんが敷かれている。

クローゼットや来客用のローテーブル、ソファなども存在し、そのどれもが骨董《こっとう》的な価値のある代物《しろもの》だろう——ずいぶん昔から、ずっと使い続けているのだ。

今いるベッドは天蓋付きの豪奢《ごうしゃ》なものだ。

実は、台座部分は大きな棺桶《かんおけ》で、棺桶の内部には、故郷の土が入っている。

ずいぶん昔には棺桶の中で普通に眠っていたが、起きたあと体の土を払うのがめんどうくさいので、棺桶の上にクッションを敷いて、その上で寝るようになった。

引きこもって眠る以外の娯楽がなくなると、次第にベッドとして完成されていったのだ。

そして今にいたる。

ベッドを作っておいてなんだが、男性は天蓋の意味がよくわかっていなかったりする——この天蓋というやつはなんのためについているのか、またつけたのか、遠い記憶のかなただ。

「……ふむ」

意味もなく顎をなでる。

それから男性はベッドのふちに腰かけ——パチンと指を鳴らした。

しばし間があってから、部屋のドアが開かれる。

入って来たのは、メイド服を着た、片目を黒髪で隠した少女——眷属だ。

男性は近付いてきて無表情で指示を待つ彼女の顔をまじまじとながめる。

手招きして、顎に手を添えて、首を動かしあらゆる角度から見て——

「……たしかに、幼い少女に見えるな」

「……？」

「お客さんからあらぬ誤解を受けるので、もう少し大人びた容姿にはなれないのかね？」

「…………」

眷属は首を横に振った。

できないらしい——できないと言えば、意思疎通《そつう》もできない。

眷属とは『従う者』だ。だから一方的にこちらから指示を飛ばすことはあっても、向こうからの言葉を聞く必要はなかった。

しかし平和に暮らしてみると、会話もできない同居人というのはなかなか無気味なものだ。

それに、言葉もしゃべれない少女をそばに置いていることに対し、あの聖女はどう思うか。

「よし、今日はお前に言葉を教えよう」

「……？」

「そもそも――発声はできるのかね？　少し、なにかしゃべってみなさい」

「……きーきー」

なんていうやる気のない声音なのだろう。

無表情であり、また、無感情でもあるのかもしれない――もしくはおじさんの介護に疲れ切っている可能性も考えられた。

「……お前はよく私に仕《つか》えているが、実は暇《いとま》がほしいと思っているということはないか？」

「………」

首を横に振った。

意思疎通はまったく不可能というわけでもないが、やはり、言葉がないと不便さはある。

しかしなんだ。こう――今までまったく気にしてなかったが、意識すると、途端にどう扱っていいかわからない。生誕六百年を超えて初めて眷属との距離感に戸惑《とまど》うおじさんがいた。

かつて『暗闇より蠢《うごめ》くもの』や『血も凍る明るい月夜の影』とか呼ばれ恐れられた吸血鬼が、これではまるで思春期の娘を持つ父親のようではないか。

「よし、今日はお勉強をしよう。私の言葉が通じているということは、あとは、発声を覚えればいいというだけだな。私のまねをしてしゃべってみなさい」

「…………」

眷属は首をかしげた。なんでそんなことをする必要があるかわからない——とでも言いたげだ。

かくして男性は眷属に言葉を教え始めた。

無表情な少女と、白髪の（若いころから白髪だが）男性がベッドで向かい合って「あー」とか「いー」とか言い合っている光景がしばし続く。

いつしか朝が終わり、昼が過ぎ、夜になった。

男性はうなずき、たずねる。

「よし、言葉は覚えたね？」

「……」

眷属はうなずいた。

男性は顎をなでて、

「では、なにか言ってみなさい。今の自分の気持ちなどを、正直に」

「……しゃべるの、きらい、です。めんどい」

「…………そうか」

男性は苦笑した。

眷属は相変わらず無口で無表情だが——

しゃべるのが嫌い。

長い付き合いの末、男性はようやく眷属のことを一つだけ知った。
そんな、聖女の来ない日の、吸血鬼の日常。

4話　だから眷属は会話したくない

「朝ですよー！」

ガッシャアア！

分厚く黒い遮光カーテンが一気に引き開けられる。

お部屋に容赦なく入り込む真っ白な朝の日差し。

「ギャアアアアアアアア！」

野太い叫び声。

声の主は天蓋付きのゴシックなベッドで転げ回るおっさんだ。

「おじさん、朝ですよ！」

にこにこと楽しそうに笑いながら、少女がベッドに近寄る。

そして、小さな体からは想像もできないほどの腕力で、ブランケットを引きはがした。

「おじさん、朝！」

「……ふう」

「どうしたんですか、おじさん」

「いやね、君を喜ばせようと朝日を浴びるたびに思い切り叫ぶのだけれど、叫ぶという行為一つが、今の私にはなかなかおっくうでねえ」

ため息をつきながら、体を起こし、ベッドのふちに腰かける。

そして枕元に手を伸ばし——瓶を手に取った。

「おじさん、またお酒ですか？」

「いいや。今日のはお水だよ。君の前でお酒やタバコをやると、怒られてしまうからねえ」

瓶の中身を飲む。

寝起きはいつもけだるいのだが、水を少し飲むだけでなんとなく体が軽くなる気がした。

「おじさんがだんだん健康的になってきていて、わたし、嬉しいです！」

「そうかい。それで、私は社会復帰などしないが、今日はどんな用事かね？」

「おじさんを社会復帰させにきました！」

しないってば。

というか——男性は吸血鬼である。

かつて『血も凍る血液の簒奪者《さんだつしゃ》』とか『ヒト牧場の主《あるじ》』などと蔑《さげす》まれ忌《い》み嫌われた男性が社会復帰をしてしまうと、ヒトの社会は色々困ったことになるはずだった。

まあ、彼女はそんなこと考えてもいないのだろう。

吸血鬼が恐れられたのも昔の話だ。

かつて隆盛をほこった吸血鬼も今では男性を除いて絶滅しているようで、いつしかお伽噺に出てくる一山いくらのモンスターにされてしまっているらしかった。

だから、彼女は男性が吸血鬼であることを全然信じてくれない。

今日も『聖女の務め』とかで、社会不適合者の男性を一生懸命社会復帰させようとしてくるだけだ。

「しかしねえ、なにも困っていない私に働けというのは、なかなか難しいのではないかね？」

「働くのはいいことですよ！」

「そうは思わないけどねえ……たとえば、どのあたりが『いいこと』なのかな？」

「お友達ができます！」

「……それから？」

「…………お友達ができる以上に素敵なこと、ありますか？」

男性は曖昧《あいまい》な表情をするしかなかった。

彼女とは人種が違う――それはもちろんニンゲンと吸血鬼なのだから当たり前なのだけれど、種族的な隔《へだ》たりよりも、精神的な隔たりの方が大きいような気がした。

「お嬢ちゃん、聞きなさい。おじさん、今から大事な話をするから」

「わかりました」

「いいかい、お嬢ちゃん。世の中にはね――友達がいなくてもいい者がいるんだ」

「……まさか、そんな……」

「一人でも生きていける者は存在するんだよ」

「いえ、でも……でも、おじさんは違います！　おじさんは一人では生きていけませんよ！」

「どうしてそう思うんだい？」

「幼い女の子に世話してもらっているじゃないですか！」

聖女が部屋の隅を指さす。

と、そこには、呼んでもいないのに眷属がこっそり立っていた。

いつもはいなかった。

昨日一日一緒に過ごしたことで、距離感が変わったのだろうか？

そういえば――

「聖女ちゃん、君、昨日は来なかったね？　どうしたんだい？」

「話を逸《そ》らさないでください！　おじさんは一人では生きていけないんですよ！」

逸らせなかった。

たしかに、眷属のことを言われると、言い返せない――彼女なしでは『ヒキコモリ生活』が『寝たきり生活』に変わる気は、大いにするのだ。

「まあしかしだね、あれは友達ではない。そんな浅い関係の相手ではないんだよ」

「お孫さんですよね？」

「違う。そういうのではなく――血のつながり、とでも言おうか」

「お孫さんじゃないですか！」

「そうではなく……血を分けた相手……」

「お孫さんですよ、それ！」

「……まあ、孫かな」

「やっぱり！」

男性は折れることにした。

吸血鬼を信じていない相手に『自分の血を与えた相手（物理）』とか言っても話がこじれるだけだと理解したのだ。

「お孫さーん、お孫さーん、こっち来て、お姉ちゃんと一緒にお話ししましょ？」

聖女が猫なで声で言う。

眷属はチラリと男性を見た。

無表情なので、なにを考えているかはよくわからない。

ひょっとしたら『めんどうくさいなあ』とか思っている可能性も大いにあったが――

「来なさい」

ここで聖女の申し出を無視させると、今度は男性がめんどうくさい目に遭《あ》いそうだった。

なので、呼んだが――今一瞬、眷属が顔をしかめたような……

「お孫さん、かわいいね。いくつ？」

近くに来た眷属に対し、聖女が言う。

眷属は無表情のまま、五指を開いた片手を突き出した。

「五つ？　それにしては大きいね？」

聖女はそう解釈したようだ。

たぶんゼロが二つ足りない。

「本当はいくつ？」

聖女が問いかける。

眷属は聖女から顔を背《そむ》け、無表情のままため息をついてから、もう片方の手をぶっきらぼうに突き出した。

「十歳？」

眷属はクッソどうでもよさそうにうなずく。

聖女はにこりと笑った。

「そっかあ、十歳か。おじいちゃんのこと、好き？」

「…………」

眷属がものすごく男性を見ている。

その視線は『おじいちゃんでいいのか』と男性に問いかけているようだった。

男性は肩をすくめる。

そして、ため息まじりにうなずいた。

「……」

眷属は聖女へうなずく。

聖女は笑顔で眷属をなでた。

「そっかあ。偉いねえ。おじいちゃんのお世話、やってるんだ」

「……めんどくさ」

「うん？」

「…………」

眷属は首を横に振った。

聖女はさらに質問を続ける。

「お名前は？」

「……けんぞく」

「……ああ、なるほど、そういうことですか」

聖女が男性を見た。

そして――頭を下げる。

「すいませんおじさん、わたし、勘違いしていたみたいです」

男性は首をかしげた。

そして、たずねる。

「なにがかな？」

「おじさんが、この子のことを『眷属』って呼んだ時は、孫を妄想に付き合わせるなんてひどいと思いましたが……」

「君、結構言うねえ」

「でも、勘違いしちゃってたみたいです。つまり――『眷属』って名前なんですね？」

「……………………………………そうだよ」

「やっぱり！　本当にごめんなさい！　眷属ちゃんだったんですね！」

聖女がはしゃぐ。

男性は眷属と目を合わせて――ため息をついた。

今日の吸血鬼は、ベッドからさえ出ない。

5話　実際吸血鬼は外に出るヒマがない

「朝ですよー！」

ガッシャアア！

分厚く黒い遮光カーテンが一気に引き開けられる。

「ギャアアアアアア……あああああ……ふう」

「おじさん、疲れてません⁉」

「いや……どんなに朝日を嫌がってみても、君は全然、私を吸血鬼と認めてくれないからねえ」

ブランケットからもぞもぞと出て、ベッドのふちに腰かける。

タバコ、酒――それらは彼女の前ではよしているので、なんとなく口寂しい。

男性はチラリと部屋の片隅を見た。

そこには壁と壁のまじわる場所、部屋の角にぴったりと背中をつけて、メイド服の少女――眷属が控えている。

口寂しい時には眷属を甘噛みしたりもするのだが――

今はなんとなく、やめた方がいいだろう。

男性は深く息をつく。

そして聖女へ向き直った。

「それでお嬢ちゃん、今日はどんなご用件かな？」

「今日はですね、このあいだお休みをした日の成果を活《い》かしてみようと思ったんです」

「お休みをした日？　……ああ、そういえば、珍しく来ない日があったねえ。なにをしていたんだい？」

「吸血鬼について調べてました！」

「ほう」

男性は少しだけ身を乗り出す。

そして、たずねた。

「君は吸血鬼を信じていないのではなかったのかな？」

「信じてません！　でも、おじさんが吸血鬼を名乗るなら、わたしも勉強した方がいいと思いまして！」

「なるほど。……それで現在、ヒトの社会において『吸血鬼』というのはどのように伝わっているのかな？」

「はい。まずは――前々から言ってますけど、基本的に『いないもの』とされてます。というか、おじさんもわかってますよね、本当は」

「……争うのがめんどうで、だいたい折れるおじさんにも、ゆずれないものはあるんだよ。吸血鬼の存在まで『まあ、いないことでいいかな』と折れてしまうことはできないねえ」

「むむむ……でも、今日はわたしの調査した『吸血鬼』の設定をもとに、おじさんの設定の矛《む》盾《じゅん》を突く方向ですからね！　聖女、容赦しません！　あなたの妄想を浄化します！」

ビシッ、と彼女は男性を指さす。

男性はわずかに笑った。

「ふむ、なかなか面白い趣向だ。それで？」

「まず吸血鬼は日の光に弱い――これは、おじさんがいつもアピールしている通りですね」

「そうだねえ。弱い個体になると日光を浴びただけで体が灰になったりもしたものだ……私ぐらいになると全身が燃え上がるぐらいですむがね。仲間とともによく『度胸試し』と称して太陽の下でダンスなど踊ったものだよ」

懐《なつ》かしく麗《うるわ》しき日々を思い出す。

『闇夜に踊る者』と謳《うた》われていたあのころ――昔は仲間も大勢いたものだ。

今は一人だが、男性としては『まあそんなものだろう』と受け入れている。

もともと日差しの下を歩けない種族の命運など、それほど長くないと思っていたのだ。

「あとは……流水を渡れない……渡ったところを見たことないですけど……」

「ふむ、それも合っているね。川の向こう岸などに行きたい時には、よく流れを止めてから渡ったものだよ……」

うっかり流れを戻し忘れると、水がせき止められてしまって、流れを戻した時、大洪水が起こったりもした。

それで村の一つ二つ壊滅させてしまったこともあったような気がする——若いころは他者の迷惑をかえりみずに色々やっていたなあと懐かしい気持ちだ。

「そして——血を吸う！　吸ったところ見たことないですよ！」

「そうだねえ。けれど、歳をとるにつれ食欲がなくなっていてね。最近はもう、年に二回も血を飲めばそれで事足りるよ」

「つまりおじさんは、年に二回は若い女性を襲っているんですね⁉　そんなことをしていて神殿騎士が見逃すはずありません！　つまりおじさんは血を吸っていない！　よって吸血鬼ではない！　どうです⁉」

「いや、吸ってはいるが……若い女性？　……ああ、そういえば、昔は相手の若さとか、美貌とかにこだわっていた時期もあったかなあ……」

高い酒だけがうまい酒だと思っていたころの話だ。

ようするに、味よりも付加価値を楽しんでいたのである。

けれど男性はある日気付いたのだ。

動物だって、ヒトだって、血液は血液だし、若い女でも血がまずいヤツはいるし、そのへんの野良猫でも血がうまいヤツは存在するのだ、と。

見栄《みえ》を張る相手——同胞がいなくなったせいもあっただろう。

男性は『王』とか呼ばれてはいたが、別にあがめられていたわけではない——むしろ男性を王とか呼んでいたのはニンゲンの側《がわ》であり、吸血鬼に王扱いされた記憶はないぐらいだ。

ともあれ――

今は吸う相手の美貌などの付加価値に興味はなかった。

代わりに、健康には気遣《きづか》うようになっている。

最近は主にニワトリの血で生きているが、眷属《けんぞく》に買いに行かせる時などは、産地に気をつけさせているし、シメたては体に悪いので、少々熟成させるなどの健康法も行っている。

「まあ、人様に迷惑はかけていないよ。ニワトリの血も、なかなかいいものだからね」

「……のらりくらりと……よく考えたらおじさん、おうちから出ないから、水を渡るところを見る機会も、日光の下で燃えるのを見る機会も、血を吸ってないのだっていくらでもごまかしがきくじゃないですか……！」

「そうだねえ」

「と、いうわけでですね」

聖女が背後からなにかを取り出す。

それは――蓋《ふた》付きのバスケットだった。

なんとも中途半端《はんぱ》な大きさだ――手のひら二つを合わせたより、少々大きいだろうか。

今までどこに持っていたのか、男性視点ではうかがえなかった。

「そのバスケットはなんだい？」

「今日はおじさんにお弁当を持ってきたんですよ」

「ふむ？　血液かね？　それを飲むことで吸血鬼だと信じてもらえるならば、空腹は感じていないが食事にしてもいい」

「違います。お弁当は、これです！」

カパッとバスケットの蓋が開けられる。

入っていたのは——

「ニンニクです！　吸血鬼はニンニクが苦手！　どうですか⁉」

言葉の通りの物体だった。

マジで言葉の通りである——調理もなにもされていない、生のニンニクなのだから。

「……どうと言われてもねえ。おじさん、リアクションに困るな。どう反応したら、おじさんを吸血鬼と認めてくれるんだい？」

「…………そういえばそうですね」

「だいたい、生のままのニンニクなんて、吸血鬼じゃなくても苦手だろうに。それにね、吸血鬼はニンニクが嫌いというのは、我々はヒトに比べて感覚が鋭いから最初『ウッ』ってなるだけで、別に食べたり嗅《か》いだりしたら実害があるというわけではないんだよ。だから、ニンニクなんて、若い吸血鬼をおどろかせる程度の効果しかない」

「むむむ……」

「あと、おじさん、どうにも君たちの知る吸血鬼より上位の存在っぽいから、君の言う方法では判別できないと思うんだけどねえ……鏡にも映ることができるし、影もあるし」

「それ、それズルいですよ！」

「ズルいと言われてもねえ……」

「だって、『上位の存在』とか言い出したら、あとは言いたい放題じゃないですか！」

「事実なんだからしょうがない。おじさんを説得するのはやめて、大人しくよそへ行ったらどうかね？」

「いーえ、あきらめません！　あ、じゃあ、太陽の下で燃えてるところ！　見せてください！　出ましょう外に！」

「嫌だよ。だいたい君ねえ、それで本当に私が燃え尽きて死んだらどうするんだい？」

「……それは困りますけど……」

「だいたい、おじさんは外には出ないと何度も何度も言ってるんだがねえ……」

「……ぐぬぬぬぬ」

聖女が聖女らしからぬ声を出した。

そして──

「次！　次こそはもっと色々作戦を練ってきますからね！　今回は詰めが甘かったっていうか、調べただけではしゃいじゃいましたけど、次は絶対、おじさんが吸血鬼じゃないことを証明してみせます！」

「まあ、がんばってくれたまえ」

「では今日は掃除の続きをしましょう」

「…………」

そういえば前回、けっきょく途中で終わったのだった。

だって城が広いんだもん。

そういうわけで、今日も吸血鬼は家を掃除する。

外に出る暇《ひま》なんか、ない。

6話　今日も吸血鬼は証明できない

「おじさん、朝——まあ！　今朝は起きてたんですね！」

部屋におとずれた聖女は、嬉しそうに言った。

そうだ、起きている——起きて、カーテンを開けて、応接机横のソファに座って待ち構えていたのだ。

なにせ今日は、吸血鬼を信じない今時聖女に、ようやく吸血鬼という存在を認めさせ——社会復帰をあきらめさせる日になるかもしれないのだ。

男性には秘策があった。

「やあ、いらっしゃい。まずはお掛けなさい」

男性は正面のソファを手で示した。

聖女は戸惑《とまど》った顔をしつつも——

「失礼します。……あの、おじさん、今日はなんだかいつもと雰囲気が違いますね。どうなさったんですか？」

「まあまあ。まずは——そうだな、飲み物でもいかがかね？　眷属が城の蔵でフルーツティーを作っていてね。スコーンなども、出そうか」

「あ、いえ……施《ほどこ》す立場なので、逆に施されるのは……」

「なに、かまうまい。『このめでたき日を祝して』というやつだ。――なにせ君との関係は、今日が最後になるかもしれないのだからね」

「え？」

おどろきの声を無視し、パチンと指を鳴らす。

待ち伏せをしていたかのようなタイミングですぐさま部屋の扉が開き――

入ってきたのは、黒髪で片目を隠した幼いメイドだ。

手にはトレイを持っていて、その上には『おもてなし』のティータイムセットがあった。

よく冷えていることが見た目でわかる、透明なデキャンタに入ったフルーツティー。

それから、最初から仕込んでいたことがわかる、ぬくもりあるスコーン。

メイド服の少女――眷属は一礼すると聖女の前にお茶とスコーンを置き、その場にとどまった。

聖女は目の前の料理に視線を落とし――手はつけずに、男性へと視線を戻した。

「おじさん、今日でお別れ、なんですか？」

「そうなる可能性が高いと私は思っているよ」

「つまり――社会復帰をするんですね!?」

「いいや。しない。今日こそ君に、私が吸血鬼であることを納得させようと思ってね」

「おじさん……」

「そこ、かわいそうな老人を見る目で私を見ない。……いや、今日これからやろうとしていることは、言葉遊びやただの主張ではない。しっかりとその目で見て、簡単にわかる方法だ」

「そんな方法があるなら、どうして今までやらなかったんですか？」

「やる気の問題だねえ」

基本的にあらゆるモチベーションが低いのだった。

そしてこれからやる方法は――ちょっと覚悟が必要なのだ。

「ところで聖女ちゃん、君、吸血鬼についてはどのぐらい調べたのかな？」

「どのぐらいというか……世間で言われる吸血鬼の設定については、そこそこでしょうか。いくつかオリジナル設定としか思えない設定もありましたけど、おおむねはおさえてると思います」

そういう表現はなんかイヤだった。

自分の存在が本当に創作物にしか出なくなってしまったんだと痛感する。

男性は肩をわずかに落とし――それでも、続けた。

「それでは君に、私が吸血鬼であることを証明しよう。――おい」

パチン、と指を鳴らす。

眷属はうなずき――彼女の身長の倍はあろうかという、巨大な剣を背中側から抜き放つ。

「吸血鬼には再生能力があるというのは、調べたかね？」

「は、はあ……あの、剣はどこから出したんですか？」

「背中に隠していたのだろう」

「身長を超えてるものを背中に！？」

「そんなことは重要ではない。いいかな聖女ちゃん。君はどうしても私を吸血鬼と信じないが──あの剣で真っ二つになっても再生したならば、さすがに認めるだろう」

「認めますけど……！　そ、そういう危ないことはやめてください！　あの、あとに退《ひ》けないだけなら、認めますから！　そんなことしなくっても、認めている感じできちんと接します」

「そうじゃあない。そうじゃあ、ないんだ」

『認めている感じ』って──けっきょく痛いヤツのままではないか。

男性は心の底から吸血鬼という存在を信じてほしいのだ。

信じている感じで腫《は》れ物に触れるような扱いをされたいわけではない。

「聖女ちゃん、君は私を本気にさせてしまったようだね」

「本気を出すなら自殺じゃなくて社会復帰に本気を出してくださいよ！　あなたの助けを待っている人も、この世のどこかにはいるんですよ！」

「そんなありきたりな言葉でヒキコモリが社会復帰したら、苦労はないんだよねえ。いいかい聖女ちゃん、私ができることは、誰かにもできる。そして誰かにできることなら、それは私でなくていい。ならば私は私にしかできないことをしよう──おい、やれ」

男性の命令に従い、眷属が剣を振りかぶる。

だが——聖女が立ち上がり、男性と眷属のあいだに割りこんだ。

「ダメです！　命を大事に！」

そのセリフは君に言いたい。

男性はヒヤリとしつつそう思った——幸い、割りこまれたことで、眷属は剣を止めていたので、聖女に刃《やいば》が降ってくることはなかった。

「聖女ちゃん、君ねえ、危ないだろう？　剣を振りかぶった者の前に立つなと教わっただろう？」

「教わりませんよそんなこと！　とにかく、早まらないでください！　ダメですからね！　絶対にダメです！」

「しかしだね……」

「おじさんは自分を吸血鬼と思いこんでいるかもしれませんが——人は、真っ二つになったら死ぬんですよ⁉」

「だからこそ、真っ二つになっても死なないところでアピールをしようと思うのだけれど……」

「おじさん」

聖女がしゃがみこむ。

そして、男性の手をギュッと両手で包みこむように握った。

「おじさんは、歳をとっているし、今さら社会に居場所なんかないと思っているかもしれませんけど——おじさんを求めている場所は、きっとありますから」

「……はあ」

「だから、早まらないで。どうか、その命を大事にしてください。大丈夫ですよ。不安がらないで。おじさんの社会復帰後の居場所は、わたしが責任をもってきちんと探しますから。命を懸《か》けるなら、吸血鬼設定にじゃなくて、社会復帰した第二の人生に懸けてください」

「……いや……」

「一緒にがんばりましょう？　わたし、おじさんのこと、応援してますよ。大丈夫、安心してください。元気しか取り柄のないわたしでも、聖女なんていうお仕事がもらえているんです。おじさんを求めてくれる場所も、あります。だから死なないで。あなたが生きてくれるなら、わたしは嬉しいし、全力でサポートしますから。ね？」

なぜか涙が出そうだった。

男性は自分を吸血鬼だと思っている。

だが本当にそうなのか？　社会復帰を怖がる孤独な老人なのではないか？　そんな気さえ

「……いや、私は吸血鬼だからね！」

「はいはい。わかっていますよ」

優しいまなざしだった。

聖女は男性から手を放し、立ち上がる。

「また来ます。今度は、具体的な『おじさんを求めている場所』を見つけてから来ます！」

「……いや」

「死なないでくださいね！　大丈夫、寂しくないですよ！　わたしがいますから！　また来た時におじさんが死んでたら、わたし、一生泣きますからね！」

グッと拳を握りしめて、聖女が去って行く。

男性はあっけにとられ——それから、ため息をついた。

今日も吸血鬼は吸血鬼であることを証明できない。

7話　聖女はおじさんを社会復帰させたい

「おじさーん、お仕事持ってきましたよー！」

ガッシャアアアア！

けたたましい音とともに、分厚い遮光《しゃこう》カーテンが開かれた。

男性は室内に降り注ぐ朝日に目を細める——起きていた。今日はすでに起きていたのだ。

最近、朝に起こされるせいで自然に目が覚めてしまうようになっていたのだった。

夜眠るのも、なんだか早い。

かつては『真夜中を遊ぶ者』やら『闇に奔《はし》る影』などと言われ、むしろ活動は夜からが本番だったが（陽光で灰になるから当たり前だ）、最近はすっかり朝型である。

まばゆい朝日はリアルに目を焼くが、再生できるし問題はない。

まあ、負傷と再生の規模が小さすぎて、他者から見たら『なんか目がしょぼしょぼしてる』程度にしか観測できないだろうけれど……

男性はベッドに腰かけ、ふう、と息をつく。

すっかりカーテンを開けきって満足げな顔になった聖女が近寄り、首をかしげた。

「あれ？　おじさん、朝日を嫌がるフリはやめたんですか？」

「朝日で焼かれた体の再生よりも、叫ぶ方が疲れるのでね」

「そうですね」

聖女は優しく微笑んだ。

どうにも昨日を契機に、腫《は》れ物扱いされ始めている気がする。

「……それで、本日はどのような用件なんだね？」

「お仕事を持ってきたんですよ！」

と、聖女は背中側から、巻かれた紙束を取り出す。

一本や二本ではない。両腕で抱《かか》えるような量だ――いったいどこに装備していたのか、地味に気になる。

「お仕事ねえ……私は特に生活に困っていないというのは、もう何度も何度もしつこくしつこく言い続けていると思うのだけれど」

「おじさんは困っていなくても、おじさんが働かないことで困っている人はいます！」

「誰だね？」

「お孫さんですよ！」

と、聖女が指さす部屋の角――そこにはひっそりと、メイド服姿の少女が立っていた。

眷属《けんぞく》である。

もとはコウモリだったはずが、いつしか腕が生え、足が生え、気付けば人型になっていた。

思い返せば二、三百年かけてゆっくり変化していった気がする——途中経過はあまり思い出したくない。吸血鬼でも怖いものは怖いのだ。

この眷属は、聖女の中で男性の孫となっていた。

吸血鬼を信じない現代っ子なので、そういうカタチにはめこむのが一番理解しやすいのだろう。

「……まあしかしだね、別に眷属も生活には困っていないよ。私の城には様々な果実や野菜がなっているからね」

「だからここは国の城なんですよ！　おじさんは、法律的に言うと、勝手に住み着いてるだけなんですってば！」

そこが男性的には、もっとも納得のいかない部分である——ずっと住んでいたのにいつの間にか国に取り上げられているのだ。

まあ、現状、『聖女が社会復帰させに来る』という被害しかないので、抵抗する方がめんどうくさい。強硬な手段をとられそうになったらその時はその時、気が向くようにやればいいだろう。

わざわざ役所に行って城の所有権を主張する吸血鬼も美しくないし。

「……それで、本日はどのようにしておじさんを社会に出そうと画策《かくさく》しているのかね？」

「ギルドで求人依頼を見繕《みつくろ》ってきたんですよ！」

「……ギルド？　まだあったのかね？」

「ギルドぐらいありますよ。お店でちょっと人手がほしい時とか、ギルドに依頼して人材を紹介してもらうんです」

「モンスターを倒す冒険者を雇ったりなどは……」

「……あー、はいはい。そうですね。はい。そうですよ」

モンスター退治とか、冒険者とか、今はないようだった。

聖女の目が優しく細められたので、きっと『話を合わせてあげようモード』なのだろう。

「……さて！　おじさんに紹介するお仕事ですが――まずは、これ！」

と、声に合わせて巻かれた紙を開く。

聖女は内容を暗記しているらしく、男性に紙を見せたまま、言う。

「『未経験者歓迎！　明るく楽しいアットホームな職場です！　是非！』」

「……んん？　それは仕事なのかね？」

「そうですけど？」

「肝心の業務内容が書いていないように見えるのだが……」

「でも、明るく楽しいアットホームな職場ですよ？　しかも未経験者歓迎！　これは素晴らしい職場に決まっています！」

言葉だけ見ればたしかに素晴らしいが……

暗黒を感じる。深淵《しんえん》よりなお深き闇が、その求人広告には潜《ひそ》んでいる気がした。

「……業務内容が書いてないのはちょっとねえ」

「明るく楽しいアットホームな職場なんですけどね……」

「まあ、いいよ。次は？」

「あ、はい。次は──『未経験者歓迎！　宝石の販売！　簡単な接客だけです！　たくさん売れれば収入アップ！』これはどうです？」

「……ふぅむ」

「おじさん、声が素敵ですから、きっと向いてますよ！　あと、無職なのに気品ありますし、寝癖《ねぐせ》とか直せば絶対いけますって！」

「……ん？　完全出来高制と書いてあるが……」

「……あ、本当だ。でも、売ればいいっていうことですよね？」

「『契約金』という項目も見えるのだが」

「……ああ、そうみたいですね。でも、一つ売ればすぐに契約金ぶんは稼《かせ》げるみたいですよ？」

なんだろうこの──闇。別におかしなことは書いていない。書いていないのだが──ガンガン警鐘《けいしょう》を鳴らしてくるこの文面はいったいなんだというのか……

「すまないが……」

「うーん、これもダメですか……他には『未経験者歓迎！　お友達紹介システムであなたもあっというまに億万長者！』とか『未経験者歓迎！　簡単な接客のお仕事。容姿に自信のある方◎』とかもありますけど……」

「どうしてすべてに暗黒を感じるのだろうねえ……というか、『未経験者歓迎』以外のものはないのかね？」

「でもおじさん、未経験者ですよね？」

「まあ、そうだが……」

働かなければいけない立場になったことは、ない。

なにせ昔は、腹が減ればそのへんのヒトを襲っていたし、寝床《ねどこ》だってそのへんのヒトを襲って確保していたし、暇《ひま》つぶしだってそのへんのヒトを襲っていたのだから……

……そんなことばっかりしてるから、吸血鬼は絶滅したのではなかろうか？

「とにかく、どれも、これも……働く必要のない私が働きたくなるようなものはないね」

「なるほどそういう方向性ですか……つまり、福利厚生ですね？　たしかにどれも記述なかったですし、わたしの選択に問題があったのかもしれません」

「う、うーん？　そうではない気がするのだけれどねえ……」

おじさんは福利厚生がよくわからない。

聖女の口ぶりだと、ヒトの社会では当たり前に存在するものなのだろう、きっと。

「わかりました！　もっと、おじさんの興味を惹《ひ》くようなお仕事はないか調査してきますね！」

「いや、だからね、私は働かない……」

聖女は笑顔で走り去って行った。

扉が閉められた部屋で、男性はため息をつく。

「……どうだい、働くというのは？　どんな心地なのかね？」

男性は部屋の片隅にいる眷属に問いかけた。

眷属は応じない。ただ——肩をすくめて、ニヒルに笑った。

メイド服姿の幼女のくせに。

8話　吸血鬼は若者文化がよくわからない

「おじさん、今日もお仕事を持ってきまし……わ、わ……っと、持ってきましたよ！」

暗い部屋に聖女の声が響き渡る。

男性はベッドから体を起こし、首をかしげた。

なにか、いつもと違うような——

そうだ。

「おはよう聖女ちゃん。君、今朝はカーテンを開けないのかね？」

「ちょっと両手がふさがってて……あ、あの、すいませんけど、開けてもらっていいですか？　真っ暗でなにも見えなくって……おじさんよく平気ですね？」

「まあ、私は普通に見えるからねえ……」

男性は吸血鬼である。

ただし信じてもらえない。

引きこもっているあいだに他の吸血鬼などが絶滅し、そういう人外の存在は全部『お伽噺《とぎばなし》の登場人物』というように思われる世の中がおとずれたらしいのだ。

お陰で『黄昏《たそがれ》より這《は》い寄りし者』とヒトに恐れられた男性が、完全に『社会復帰を怖がるおじさん』扱いだ。

男性は眷属——黒髪で片目を隠した、メイド服姿の少女に目配せする。

見た目から『おじさんの孫』とか扱われているが、あれも立派に人外の生き物なので、夜目は利《き》く——というか、視覚でものを捉《とら》えているのだかどうかさえ怪《あや》しい。

重く分厚く黒い遮光カーテンが開かれる。

ゴシック&アンティークな調度品の並ぶ室内に朝日が入り込み、おじさんの目はちょっとだけ溶けた。

寝起きにヒトがするように指で目をこすり、古い角膜をこそぎ落として、再生する。

破壊と再生の規模が小さすぎて、目やにをとっているようにしか見えないのがつらいところだ。

「……それで今日は——なにを持ってきたんだね?」

ベッドのふちに腰掛け、たずねる。

ちなみに本日は、ベッド横にローテーブルが設置されていた。

昨日聖女が色々持ってきたので、次に同じようなことがあった際、置く場所があった方が便利かなと思って男性が用意しておいたのだ。

あくせくテーブルを日曜大工している横で、眷属がやけに哀《あわ》れむような顔をしていたのは少々気になったが——

早速《さっそく》役立ったようだ。

聖女は、持ってきた、ひと抱えもある木製の箱をローテーブルの上に置く。

「今日はですね、在宅ワークを用意してきました！」

「……なんだねそれは」

聞き覚えのない単語だった。

たぶん、新しい言葉なのだろう——なにせ数百年単位でのヒキコモリである。言語体系自体は変わっていないようだが、新しい言葉はできたり消えたりしていることだろう。

「えっとですね、おうちでできる、お仕事なんです！」

「……なるほど。内職かね」

「あ、はい、そうです。すみません、ちょっとわかりにくい言い方でしたか？」

「いや……」

聖女の優しさがなぜか痛い。

男性は胸をおさえ——

「しかしお嬢ちゃん、君がどんな仕事を持ってこようとも、私が働くことはないと、何度も何度も、言っていると思うのだが……」

「否定する前に、まずは私の反省を聞いてください」

「ふむ」

「昨日はごめんなさいでした。『いきなり外に出て働け』だなんて……わたし、おじさんへの配慮が足りなかったです」

「言葉の端々《はしばし》から哀れみを感じるのだが？」

「いえ！　ただただ、自分の思案《しあん》不足を顧《かえり》みて深く反省するばかりです！　なので今日は、外に出ずに社会とつながることのできるものを持ってきました！」

「それがその、内しょ……在宅ワークかな？」

「そうです！」

聖女はローテーブルに置いた木箱を開く。

中には――

なんだろう？

小さいキラキラとか、大きいキラキラとか、色んなかたちのキラキラがあった。

キラキラしていることしかわからない。

「……それはなんの材料なのかな？」

「若者向けのアクセサリーです！」

「……アクセサリーにしてはなんというか――安っぽくないかな？」

「おじさん、『若者向け』ですよ」

「……最近の若者のあいだでは安っぽいものが流行しているのか？」

「違います！　若いうちはお金があんまりないから安くてかわいいアクセサリーを買うんです！」

「……アクセサリーなど無理して買う必要はないだろう？」

「ちょっと都会に出かける時とか、友達と同じものを身につけたりとか、そういうのがあるんですよ！」

「最近は貧乏でもアクセサリーを買うのかね？　貧乏ならば、その金でパンなどを買った方がいいと思うのだが……」

「パンはパンで買いますけど、アクセサリーもアクセサリーで買うんですよ」

「……ふぅむ」

飲みこみがたい。

だが、そんなものだろう――時代は確実に流れていて、男性はヒキコモリなのだ。

新しい、自分が理解できない文化だからといって『おかしい』と断じるのは、器《うつわ》の小ささを露呈するも同じだ。

「まあよろしい。それで、内しょ……在宅ワークというのは、そのアクセサリーを作るのかな？」

「はい」

「しかし、そういうのは専門の職人がやるものだろう？　私にそういった専門技術を期待されても困るのだがね……」

「いえ、接着剤で土台にビーズを貼り付けていくだけなので、根気と多少の器用さがあれば誰にでもできますよ！」

「……それは、簡単に壊れたりしないのかね？」

「まあ、安物ですし。でも若者向けはそういうものですよ。なくしたりとかもしますしね」

「……」

簡単に壊れる安物を、わざわざ買う？

壊れるたびに買い換えるとでもいうのだろうか？

高くてしっかりした物を一つ買った方が、よほど安くすむ気がするのだが……

「……まあ、よかろう。私の若いころは、職人の名前まで含めてアクセサリーの価値だったような気がするのだが――時代の流れというものだな」

「貴族のみなさんは未《いま》だにそういう感じみたいですよ。でもこれは、若者向けなので」

「……ふぅむ、しかし……」

「若者向けなんです」

「まあ、若者向けなら仕方がないな」

おじさんなので、若者向けと言われるとなにも言い返せない。

ただ、貴族ならぬ一般市民がアクセサリーを身につける時代ならば、世の中はよほど平穏で、貧富の差もそう激しくないのだろうと思えた。

いい時代になったものだ……

「ちなみに君が持ってきた物は、完成するとなにになるのかな？」

「えーと、ファッションリングと、イヤリングですね」

「ふむ……」

ファッションリングというのがよくわからなかった。

聖女が指し示した材料の形状を見るに、指輪だろうとは思う。

「今日のは子供向けですね。ほら、カラフルでかわいいでしょう?」

「…………………………………そうだね」

安っぽさばかり気になって仕方がない。

なんだろうこの、貴金属ではありえない、テカテカした光沢《こうたく》は……

なにげに男性は上流階級の出身なのだった――だてに『赤き夜の王』とか呼ばれていない。

「ねー、眷属ちゃん、眷属ちゃんも、こういうの身につけたいよね?」

聖女が、部屋の隅で控える眷属に言う。

眷属は壁にべったりと貼り付き、壁のふりをしていた。

彼女の感情を表情から察することは難しいが……

めんどうくさいのだろう。

「とりあえず今日はお試しで、一つ作ってみましょう。完成したものはサンプルとしていただけるらしいですよ!　お孫さんにプレゼント、どうです?」

「……」

お孫さん――眷属は絶対欲しがってない気がする。

物の価値がわかる子なのだ。

というかまず『子』じゃない。

五百年を生きたコウモリはロートルもロートルだろう。

まあしかし――一個は作らないと、聖女が満足しなさそうだ。

男性はため息をつき、一個だけ作ってみることにした。

そんなわけで今日も吸血鬼は城から出なかった。

でも、社会とはちょっとだけつながったらしかった。

9話　だから眷属は吸血鬼ににじり寄る

「……

……

……………………………………………………………………………………」

なんか超見られてるんですが……

男性は猛烈な視線によって眠りをさまたげられた。

目を開ける。

するとそこには、無表情でこちらを見下ろす、黒髪で片目を隠した幼い少女の姿があった。

眷属である。

顔は、かなり近い――息がかかるほどの距離と言えた。

起き上がれない。

しかたなく男性は、横になったまま苦笑した。

「どうしたのかね？」

「……」

眷属は無言だった。

ただ、視線でなにかを訴えてくる。

男性と彼女は、かなり長い付き合いになる。

五百年ぐらいだろうか。

吸血鬼と、その眷属。

世間では『吸血鬼？　ああ、お伽噺のアレね』というノリらしく、また、実際にほとんどの吸血鬼とその眷属は生きていないらしいが――

この城に住まう男性は、紛《まぎ》れもなく吸血鬼である。

しかも極上の吸血鬼だ――『祖なる白皙《はくせき》の王』とも呼ばれた、吸血鬼オブザ吸血鬼である。

なので当然、眷属――吸血鬼がその血をあたえ奴隷化しただけの動物も、極上だ。

忠実で、有能。数々の死線をともにした仲である。

だが――なにを考えているかわからない。

一方的に命令をするだけの五百年間だったたし、その大半は引きこもった自分の世話をさせているだけだったたので、意思を疎通《そつう》させる必要がなかったのだ。

だから、ジッと見られても、眷属がなにを言いたいのか、男性にはわからない。

だが、眷属はしゃべらない。

それはなぜか――

「……声を出すのが面倒なのかね？」

「……」

眷属はうなずいた。

最近知ったことだが、この眷属、しゃべるのが面倒らしい。

「しかし黙って見られているだけでは、なにもわからないのだがね……」

「……」

「今『そのぐらい察しろ』というような顔をしなかったかね？」

「………」

眷属は首を横に振った。

どうやら勘違いらしい――いや、どうだろう、たしかに一瞬、眷属がとてつもなく面倒くさそうに顔をしかめたのが見えた気はするのだが……

眷属は肩をすくめる。

そして、スッと右手を突き出した。

男性はわけがわからないまま、突き出された手を見る。

そこには――中指に、安っぽいテカテカした光沢を放つ、接着剤モリモリのせいでビーズが浮いている、ピンク色のファッションリングが存在した。

男性が昨日、内しょ……在宅ワークで作ったものである。

けっきょく一つしか作らず、在宅ワークを続ける気にもならなかったが……

「……その指輪が、なにかね？」

「…………」

「ああ、別に無理して身につける必要はないのだよ？　聖女ちゃんがいた手前、お前にあげなければならないような流れになってしまったけれど……」

「……」

眷属は首を横に振る。

どうにも、身につけているのがイヤだという話ではないらしい。

「……」

眷属は左手で指輪を指さす。

それから、男性を指さし、自身を指さした。

その後、再び自身を指さし、それから男性を指さした。

「わからない」

「…………めんどくさ」

「お前が発言を面倒がっているせいで、事態がややこしくなっていると思うのだが……」

「ゆびわ、もらった。なにか、かえさないと、いけない」

これまで長々と尺をとっていたが、つまりはそういうことらしかった。

『話す』という行為は偉大だった。

「……まあ、返すのは別にかまわんよ。特に苦労したわけでもなし。むしろ、そのようなものでお礼をもらっては、こちらが恐縮してしまう」

「…………けんぞく…………あたえられる…………あるじ…………きまり…………」

眷属はなにかを言いかけた。

でも、面倒だったらしく、ため息をついて、

「だまって、なんか、うけとれ」

「……まあ、そう言うならば、なにか受け取るが」

「…………………ふう」

と疲れ切ったため息をついていた。

どうやら彼女にとって『しゃべる』という行為は、余人が思う以上に面倒なようだった。

「しかし、なにか受け取れと言われてもねえ。私は欲しいものなど、全然ないのだが」

「…………」

「そこ、目を細めて口を半開きにしない。……そもそも、私に欲があったならば、とっくに私は他の吸血鬼同様この世から消え去っているだろう。彼らは欲をかきすぎたから絶滅したのだと、私は思うがね」

「…………」

「今『そんな話どうでもいい』というような顔をしたね？」

「……」

眷属はうなずいた。

素直な子だった——遠慮とか覚えさせるべきだっただろうか？

男性はちょっと考える——欲しいもの。なにかあっただろうか？

そうだ。

「最近、お酒もタバコもやめてしまったから、口寂《さび》しくてねえ。なにか聖女ちゃんの前で噛んでいてもよさそうな物があれば、欲しいかな」

「……」

黙って手を挙げる眷属がいた。

男性は苦笑する。

「……いや、聖女ちゃんの前でお前をかじっていたら、怒られそうな気がするのだがね」

「…………」

「お前、今『急に世間体《せけんてい》とか気にしだしたよこいつ』という顔をしたね？」

「……」

眷属はうなずいた。

基本が無表情なだけに、一度表情を浮かべるとやたらと顔が雄弁《ゆうべん》なのである。

「まあとにかく、聖女ちゃんが来た時に、かじれるものでも用意しておくれ」

「……」

眷属はうなずく。

その後、いつものように聖女が来て——今日は紅茶と、超ハードなスコーンが給された。

吸血鬼でも顎《あご》が疲れた。

10話　まだまだ聖女は吸血鬼をあきらめない

「おじさん！　今日はいいものを持ってきましたよ！」

ガッシャアアア！

けたたましい音とともに分厚い遮光カーテンが開かれた。

部屋にはさわやかな朝日が入ってくる。

男性はさわやかな朝日に肌の表面をチリチリ焼かれつつ、寝ていたベッドからむくりと体を起こす。

「おはよう。なんだね、『いいもの』とは」

「これです！」

と、聖女は腕にさげているバスケットを示した。

男性はちょっと警戒する。

「中身は求人広告かね？」

「違いますよ」

「では、在宅ワークキット？」

「違います。前回と前々回の反省を活《い》かして、今日は別方向の説得方法を考えてます！」

「別方向の説得——というと……」

「もちろん、おじさんを社会復帰させるための方法です！」

力強く拳を握りしめる。

そうなのだ——男性は吸血鬼だが、世間にはもう吸血鬼がいない。

なので、男性は『吸血鬼のフリをする社会不適合おじさん』と思われているらしかった。

聖女とは、そういう社会になじめない者を、上手に社会になじませるのが仕事らしい。

時代は変わったものだと男性は思う。

かつて『聖女』といえば、それは『対人外人型最終兵器《じんがいじんがたさいしゅうへいき》』とかいう意味合いをふくんでいた
——吸血鬼が唯一《ゆいいつ》恐れた相手とさえ、言える。

それが今ではほぼ介護職である。

『聖女』という言葉が本来持つ意味としては正しいのかもしれないが、かつての苛烈《かれつ》なる聖女たちを知っている男性からすれば、まったくありえない変化だった。

「なにをされようと、私は社会復帰などしないが……というよりも、『社会復帰』という表現は私に用いるには正しくないのだがね。もともと、ヒトの社会で働いていたわけではないのだから」

「はい。つまりおじさんには——職歴がないんですよね？」

「…………………まあ」

そうとも言える。

でも、そういう表現はされたくなかった。

なんかすごくイヤ。

「大丈夫です！　わたしにお任《まか》せください！　社会経験がなく、職歴もなくって、『働くのってなんか怖いな』と思っているあなたでも働きたい気持ちになるような、そんな用意をしてきましたから！」

「ふむ。つまり、今日はなにを持って来たのだね？」

「今までのわたしは性急でした。ただただ仕事を押しつけるばかりで、おじさんの気持ちをまったくわかっていなかったのです……」

「今はわかっているのかね？」

「はい！」

その自信がどこから来るのか、男性にはよくわからない。

少なくとも彼女が『吸血鬼は存在しない』という論を曲げない限り、理解し合える日は永遠に来ないような気さえする。

「というわけでですね、本日はこんな物をお持ちしました！」

聖女がバスケットの蓋《ふた》を開ける。

中にあったのは――

「……パン？　と、複数の紙袋？」

「はい！　パンです！　紙袋の中身はその材料！　本日のテーマは『職人のすごさを知ってみよう』です！」

「ふむ」

「普段わたしたちが何気なく使ったり、食べたりしている物だって、そこには一生懸命働いている人の技術や苦労が詰まっているものなのです。そういった内情を知ることで、働くことのすごさ、素晴らしさをわかっていただこうと、そういう試みですね」

「なるほど」

「記念すべき第一回目は――パン。こちらはおじさんもご存じでしょう」

「そうだねえ。もっとも、おじさんの若いころのパンは、もっと黒くて、丸くて、重そうなものだったが……今、持ってきたような、細長くて白いパンというのは最近流通しているものだね？」

「はい。というわけで、本日はパン作りを体験してみましょう！」

「……なぜそうなるのだね」

「実際に普段何気なく口にする物を自分の手で作ってみることにより、『大変だなあ』とか『こんな仕事を毎日、それも大量のお客さん向けにやっている職人は尊いなあ』とか、そういうことを学ぶんです！」

　なるほど、本日のコンセプトはいつもより具体的だ。

　聖女もだんだんと進歩を見せているらしい。

「では、今日はパンを作るのかね？」

「そうですね。前回持ってきたアクセサリーは、おじさんにあんまりなじみがないもので、職人の大変さをわかっていただけなかったようなので……今日は、おじさんも普段食べているであろう物にしました！」

「……」

主食が血液だということは、すっかり無視されていた。

まあ嗜好品《しこうひん》としてお茶を飲んだりスコーンを食べたりはしているから、食べられないわけではないが……

男性はティータイムの習慣があるだけで、別に空腹でパンをかじったりはしないのだ。

あと、男性にとって血液以外の食事は口寂しさを紛《まぎ》らわすためのものでしかなかったりするのだ――そういう意味では、最近のパンより、昔のパンの方がいい。

「しかし私は人生で一度も料理をしたことがないのだが、大丈夫なのかね？」

「おじさん」

と、聖女が顔を寄せてくる。

そして、チラチラ部屋の隅――そこにいる眷属を見つつ、小声で話し始めた。

「普段は眷属ちゃんにお食事を作らせているんですよね？」

「……作らせているというか……まあ、そうかな」

「そこでですよ。たまに、おじさんの方が作って、眷属ちゃんにごちそうしてあげるんです。

すると、眷属ちゃんも感動して、『おじいちゃん大好き！』ってなると思いますよ」

「…………」

おじいちゃん大好き！　とか言う眷属がさっぱり想像できなかった。

そもそも男性は眷属のおじいちゃんではない。

「いやあ……どうだろう、眷属はそういうのほしがっていないと思うのだが……」

「口に出さないだけですよ。たぶん」

「あいつは口には出さないまでも、顔には出すのだがねえ……」

「無表情じゃないですか」

「いや、あいつの顔は結構うるさいよ」

「顔がうるさいってなんですか」

「とにかく気遣《きづか》いは無用だよ」

「うーん、わかりました。でもですね！　無職男性の自炊しない率はそれなりに高いんですよ。料理、掃除、このあたりが、『無職でいいや』と思う精神の改造につながるとわたしは思うんです」

どのみち料理はさせる気らしい。

男性は抵抗をあきらめた──どうせヒマだし、たまには変わったことをするのも悪くない。

「わかった、わかった。では、本日はパンでも作ろうか」

「はい！　自炊して、職人の大変さと、作業の達成感を知って、社会復帰しましょうね！」

聖女が笑顔で言う。

そういうわけで――今日の吸血鬼は、厨房《ちゅうぼう》にこもることになった。

11話　それでも吸血鬼は自己アピールをやめない

「おじさん、朝ですよ！」

元気のいい少女の声で、男性は今日も目を覚ます。

しかし今朝はカーテンを開く、地味にうるさいレールの音がなかった。

また荷物でも抱えているのか。今日はどんな手練手管《てれんてくだ》で社会復帰をうながされるのか――

男性は楽しみもあり、不安もありながら、上体を起こす。

そしてベッドのふちに腰かけ、パチンと指を弾《はじ》いた。

すると、真っ暗な室内――その闇から這《は》い出るように、黒髪で片目を隠したメイド服の少女が現れる。

眷属だ。

ただし『吸血鬼と眷属』と言ったところでヒトには信じてもらえず、『おじいちゃんと孫』というふうに定義されてしまっていた。

本当にもう――世界から人外は消え去っているようだった。

今時吸血鬼と言ったって、頭の痛い困ったおじさん扱いされるだけである。

聖女は社会復帰を促《うなが》しに来るし、眷属は最近だんだん物理的にも精神的にも距離感が近付いてきているし、男性としては時の流れに戸惑《とまど》うばかりだった。

眷属がなにを言われずともカーテンを開けるのを確認し——

男性は聖女の方を見た。

「……なんだねそれは」

彼女の腕には、彼女がカーテンを開けられなかった理由が抱えられていた。

ただし——それは、木箱などではない。

「子犬です！　わんちゃん！」

ということらしい。

本日はどのような手管かと思えば、動物を使う気なのか。

ただなんというか……

「……ソレは本当に犬なのかね？」

聖女が抱えているものは、赤かった。

そして、毛がなかった——毛がないというか、体表はウロコで覆《おお》われているように見えた。

あと、頭には小さい角があった。よく見れば翼みたいなのが見えないこともなかった。

「でも、犬ですよ？　足が四つですし、尻尾もあります！」

「……尻尾、太くないかな？」

「でもでも、『わんわん』って鳴きますから。ねー？」

聖女が抱えた犬（?）に微笑みかける。

するとと、四足歩行以外犬との類似点がない生き物は、言葉をしっかり理解しているように「わんわん」と鳴いた。

「ほら！」

「……わんわん鳴けば犬という、その判断基準は、どうかと思うのだが」

「いえ、でも、他に該当《がいとう》する生物いないじゃないですか」

「……いやあ、どう見てもそれは、ドラゴンだろう」

はっきり言った。

聖女は首をかしげ――

「あははははは！　おじさん、ドラゴンなんて、お伽噺にしか出てきませんよ！」

と、笑った。

どうやら彼女の中で、おおよそ犬の特徴を備えていない生物を『犬』と呼称するより、ドラゴンが生存している方が面白いようだ。

その昔――ドラゴンも、いた。というか人型の人外の王が吸血鬼であり、空を舞う人外の王がドラゴンというような位置づけだった気がする。

ただ、やっぱり絶滅しているらしい。

少なくとも、聖女の中では『いない』ということになっているようだった。

「今日はおじさんの心を癒《い》やしに来たんです！」

「……おじさんはなぜかもう疲れているのだが……」

「いつも寝てばっかりだからですよ！　そこで――犬を飼うんです！」

「……」

「わんちゃんを飼えば、お散歩したり、お世話したり、動く機会も増えますからね。やっぱり健全な精神は健全な肉体からですよ。これは精神論のようでいて、実は運動している方が運動していない人よりもポジティブに物事を考えるというデータもきちんとあるんです！」

「そういうデータは、『ある』と示すだけでなく、データ収集の方法まで言ってくれないと、どうにも……うさんくさいのだが……」

「とにかく！　気に入らないなら、きちんと連れて帰りますから！　まずは、わたしが帰るまでだけでも、わんちゃんと触れ合ってみませんか？」

「……あー……その、なんだ……」

男性は『犬』を見る。

そいつはなにか訴えるように、瞳孔《どうこう》が縦《たて》になっている爬虫類《はちゅうるい》みたいな目で男性を見ていたのだ。

「……少し話がしたいので、ドラ……犬を置いて、一度外してくれるかね？」

「話？　……あ、なるほど。眷属ちゃんとですね⁉」

「……ちなみにだが、その犬はどうやって手に入れたんだい？」

「ここに来る途中で拾いました！」

「そうか。……まあとにかく、一度外してもらいたい」

「わかりました！　では、前向きなお返事を期待してます！」

聖女が元気よく部屋から出て行く。

部屋の床には犬が――赤くて、ウロコで覆われていて、翼があって、角があって、爬虫類みたいな目をした、「わんわん」と鳴く生き物が、残された。

わんわんと鳴く生き物は、しばしうかがうように、長い――犬と呼ぶには明らかに長すぎる首を曲げて、聖女の出て行った部屋の扉を見ていた。

しばしして、

「……助かったぞ、宿敵よ」

渋い声がした。

低く、重く響く、威圧感と重厚感のある、男性の声だ。

そんな声を発しそうな生き物、この部屋には吸血鬼のおじさんしかいないはずだが――

その声は、おじさんのものではない。犬が、しゃべった。

「我らヒトならざる者の生き残りが、ここらにいると聞いたのでな……貴様のことではないかと思い、はせ参じたのだ」

犬は渋い声で続ける。

男性はわずかにおどろいた顔をした。

「君は――竜王か」

「その通りだ。かつて貴様と何度も切り結び、ついぞ決着をつけられなんだ、竜王だ」

「懐《なつ》かしい顔だ。……いや、懐かしくはないな。なんと言うか――ずいぶん小さくなったように見えるが……元の君は、もっとこう、山のように大きくはなかったかね？」

「酒を断ち、黄金を欲《ほっ》することをやめ、引きこもっていたらこのような姿になったのだ」

「君もヒキコモリか！」

　男性は嬉しそうな声をあげた。

　仲間を見つけた喜びからだった。

「君と私はかつて何度も殺し合った仲だが、今は君の生存を嬉しく思う。その後どうかね？世間では、我ら人外の者どもは絶滅し、お伽噺にその名を残すのみとなったようだが……」

「そのようだ。ドラゴンの一族も、もはや我以外にない」

「吸血鬼も似たようなものだよ。やはり引きこもっていた者のみが生き延びたようだな」

「うむ。我らドラゴンは黄金を蓄え、酒を好み、強き体を持つゆえに油断が過ぎたからな……多くの仲間が酒で酔わされ首を斬《き》られ蓄えた黄金を奪われたという話を聞くにつけ、『あいつらアホか』と思ったものだ」

「それで君は、酒と黄金を断ったのかね？」

「うむ。黄金があるから狙《ねら》われる。酒を呑むから酔わされ、殺される――ならば酒と黄金さえなければ、ドラゴンは無敵と思ったのだ」

「実際、君は生き残った。いや、めでたいな。どうだね？　君は酒を断ったと言うが、こういう時ぐらいは、祝杯をあげてもかまうまいよ」

「いいや。我は今、果物と野菜クズで生きる身でな。すっかり甘い物が好物になってしまったし――この体だ。量も昔ほどは食べなくなったのだよ」

「なるほど、お互いに年齢を重ねたというわけか」

男性は笑う。

それから、ふと思い出した。

「それにしても、なぜ犬のまねなど？」

「我が貴様をたずねた理由にも関係があるのだが……」

「ふむ」

「ヒキコモリにも飽きた我は、思い立って久方ぶりに地上に降りたのだ」

「ほう、偉いな。私は一生城から出る気がないぐらいだというのに……」

「もとより吸血鬼はこもりがちな生き物であるゆえな。一方、我らドラゴンは空を自由に舞う種族である。こもりきりというのは、翼がにぶっていかん。時には思い切りはばたきたいものだ」

「なるほど。たしかに翼のある生き物はそうらしいな」

「しかし――うまく飛べなかった」

「……」

「昔と比べ衰《おとろ》えている……肉体が縮んでしまったゆえにしかたないことではあるが力も弱い」

「それは……悲しいことだな」

「まったくだ。数百年眠り続けていたせいかもしれんが……まあしかし、それでもかまわんと思っていた。だが――今のヒトの世はマジでヤバイ」

「………」

「我のような見慣れない生き物が飛んだりしていると、すぐに捕獲されそうになる。子供には石を投げられるし。しかも石を投げてきた子供を追い払おうとして少しでもケガをさせたりすると、今度は大人が我を捕獲に来る。大人を退《しりぞ》けたら次は武器を持った兵士が大挙して攻め寄せてくる」

「……」

「悪いのは我に石を投げた子供であろう？　我、なんも悪くない」

話を聞くに、同意できた。

竜に石を投げるのが悪いっていうか、そもそも、見慣れない生物だからといって石を投げる思考がどうかしている。

「それからというもの、我は人前で基本的に犬のふりをするようにしているのだ。連中、犬のように鳴くととたんに優しくなるからな。猫も試したが、どうにも我は犬とは思われても猫とは思われんらしく、無駄だった」

「……ヒトは、変わってしまったのだな」

こんなのを犬と思うとは、ヒトの目は節穴になっているようだった。

「しかし我がそんな涙ぐましい努力をしているというのに、噂《うわさ》によれば貴様、吸血鬼アピールをしておきながら、ヒトとうまくやれているそうではないか」

「そうなのかね？」

「先ほどの聖女から聞いたぞ。貴様は堂々と吸血鬼を名乗っているそうではないか」

「……ふむ」

「しかも力も失っておらん様子。そこでだ、恥を忍んで頼むが、我を保護せよ」

「…………」

「だいぶ前から、力ある人外に保護を求めようと思っておったのだ。だがなにぶん、見つからん。生存しているかすら、わからん。それで貴様がかつて根城としていたこの場所に、いちるの望みをたくしたわけだが――いてよかった。我が力を取り戻すまで、少々世話になりたい」

「かまわないが……」

「ありがたい。感覚的には、力が戻るまで、三百年ほどだろう」

かくして話はまとまった。

男性はパチンと指を鳴らす――と、部屋の端にいた眷属が寄ってきた。

間違えた――今呼びたい相手は、指パッチンでは来ないのだ。

ちょうどいいので、眷属に指示を出す。

「聖女ちゃんを呼んできなさい」

眷属が一礼して部屋の外へ去る。

聖女を連れて戻ってきた。

「おじさん、話し合いの結果はどうでした？」

「ウチで世話することにしたよ」

「まあ！　本当ですか⁉　かわいがってあげてくださいね！」

「…………そうだね」

「今度わんちゃんの飼い方とかの本を持ってきますね！　そこで拾ったので用意がなく……」

「いや、この相手の世話は慣れている」

「そうなんですか？　おじさん、犬を飼った経験が？」

「ないとは言わんが……」

吸血鬼が主《おも》に眷属とするのは、コウモリとオオカミである。

なので、オオカミの眷属も、昔はいた――だいぶ前に、今そこにいるコウモリを除いて、眷属はだいたい解雇してしまったので、今はいないけれど。

というかドラゴンだ。

犬の世話ができるかどうかは、関係がない。

「……とにかく大丈夫だ。心配はいらないよ」

「ああ、そうですか。よかった……これでおじさんも、社会復帰に一歩近付きましたね。ちゃんとお散歩してあげてくださいよ？」

「いや、それでも私は外に出ないよ。なにせ――吸血鬼だからね」

「はいはい」

聖女は笑う。

どうやらまだ信じてもらえないようだが——それでも吸血鬼は、アピールをやめない。

12話　吸血鬼はそれでも宿敵を見捨てない

「ところで、我を散歩に連れて行くのはどっちなのだ？」

渋く、重々しく、威圧感のある声があたりに響いた。

全員の視線が声の主《ぬし》に向く。

それは赤いウロコに体表を覆われ、頭には角が、背中あたりには一対《いっつい》の翼が生えており、長い鎌首《かまくび》をもたげ、瞳孔が縦になっている爬虫類みたいな目をした――

四足歩行の、ちょうど女の子が両手で抱えるのに適したサイズの――

犬だった。

本当は違う。

ドラゴンと呼ばれる、今ではお伽噺にしか出てこない種族だ。

本来のドラゴンは山のように巨大で、軽く嘆息《たんそく》するだけで町一つを灰にするような炎の息吹《いぶき》を吐く、人類にとっての天災である。

それが長く眠っているあいだに力が衰え、今では散歩をねだっている。

暗い室内で響く『ハッハッハッハ……』という息づかいが異様な雰囲気を醸《かも》し出している。

部屋の主《あるじ》――吸血鬼の男性はベッドから上体を起こした体勢で頭を抱えた。

犬――もとい、このドラゴンはかつてのライバルであった。

それが今やこのていたらく。

時の流れの残酷さにただただ打ちひしがれるばかりだ。

「おい吸血鬼、なんだその顔は」

頭を抱えていたら、指摘された。

ふわりと飛び上がり、ドラゴンが目の前まで飛翔《ひしょう》してくる。

「吸血鬼よ、貴様、まさか――我が犬的な動機で散歩をねだったとは思っておるまいな？」

「……違うのかね？」

「もちろん違う。我はあくまでも生存のため犬のまねを磨いていっただけであり、その生態は『大いなる天空の覇者』、ドラゴンである」

「では、なぜ散歩など……」

「趣味だからだ」

「……犬が散歩をしたがる動機と、どう違うのかね」

「違うとも」

だが、具体的な違いは示されなかった。

ドラゴンははばたき、吸血鬼の眼前に浮かびながら続ける。

「しかし、我はこの城の内部構造に詳しくない。一人で散歩を開始しては、どこかで迷って遭難する可能性がある」

「たしかにこの城は広い……しかし、そこまで無節操な広さでもないはずなのだがねえ」

「我は道を覚えるのが苦手でな」

それ、帰巣《きそう》本能のある犬より劣っ……

男性は浮かび上がった考えを、頭を振って打ち消した。

「……わかった、わかった。しかし、私はこの城のことならばだいたい把握できる。君が一人で回って迷っても、あとから迎えに行くことも可能なのだがね？」

「迎えを待っているあいだ寂しいではないか」

「……君は本当に、かつて私と何度も殺し合い、そのたび生き延びた竜王なのかね？」

「もちろんだとも我が宿敵よ。思い出すな……あのナハトヴルム山頂での決戦……空を舞う我に対し、貴様はコウモリの編隊を率い挑んできた」

「ああ、たしかにそんなこともあった——追い詰めたと思ったら、君の咆哮《ほうこう》でコウモリたちが落とされ、最終的には一騎打ちになったたな」

「うむ。その矮小《わいしょう》なる大きさで、我と一騎打ちをし、逃げ延びるとは——あの時は言わなかったが、あの戦いで我は貴様を認めたものだ……」

老人二人は遠い目をして過去を懐かしむ。

まぶたを閉じれば、脳裏にはかつて駆け巡った空が浮かぶかのようだ。

「それで、どちらが我を散歩に連れて行くのだ？」

かつて駆け巡った空が消え去った。

戻れないあの日々が男性の胸をしめつける。

「……眷属」

男性が呼びかける。

すると、部屋の隅で控えていた、片目を黒髪で隠したメイド服姿の少女——眷属が近付いてきた。

「眷属よ、我が宿敵を散歩に連れて行ってあげなさい」

「………………」

眷属は口を半開きにして、目を半眼にして、眉間《みけん》にシワを寄せて、鼻の穴を大きく開いた表情で停止した。

つまりは超イヤそうだった。

「……なにがそんなにイヤなのかね？」

「………………」

「まあ、こいつとは確執もあったが、今は世界に残り少ない人外同士、手を取り合って生きていくのもいいだろう」

「……」

「そうではないのか……すまないが、言葉にしてくれないか？」

眷属は世界中の『大嫌い』という気持ちをその顔面で全部引き受けたような顔になった。

つまりは超イヤそうだった。

「なぜお前は、そんなにもしゃべるのを嫌がるのかね？」

「……」

「しかし理由を言ってくれないことには、どうにも」

「…………」

眷属は深いため息をついた。

つまりは超イヤそうにして――

「じぶんで、かったんだから、じぶんで、せわしてください」

「…………」

「せわしてください、ませませませ」

どうやら『ませ』を余計に一つつけるぐらい、散歩に連れて行くのがイヤなようだった。

そこまで嫌がるのならば仕方ない。

「……ドラゴンよ、私が君の散歩をしよう」

「うむ、ようやく決まったか。我は待ちくたびれたぞ」

ドラゴンはあくびをしながら後ろ足で首を掻いていた。

足は短めだが首が長いのでどうにかなっているようだ。

ひとしきりあくびをして――

体を小刻みにプルプルさせてから、ドラゴンが言う。

「——と、そうだ。危ない。我としたことが、大事な物を忘れるところであったな」

「どうしたんだね」

「昨日、あのあといったん帰ってまた城に来た聖女から、我への捧《ささ》げ物を受け取っていたのだ。ええと——『首輪』と『リード』だな」

「…………」

「身につけるのがどうやら、フォーマルルックらしい。さっそく我の首に首輪をつけ、リードを引いてもらおうか」

男性は固まった。

どうコメントしていいかわからないぐらい複雑な感情が、彼の中ではうずまいていた。

13話　吸血鬼にも昔は夢があった

「おじさん、朝ですよー！」

ガッシャアアアア！

けたたましい音を立ててカーテンが引き開けられる。

部屋に入り込む朝日——

男性はベッドから上体を起こした。

ベッドのふちに腰掛けようかと思ったが、無理だった。

腹の上でドラゴンがグーグーいびきをかいている。

しかたなく、男性は上体を起こしただけでの体勢で言う。

「やあおはよう聖女ちゃん」

「はい、おはようございます！　あ、これ、わんちゃんのご飯です。あとトリミング用品とか色々……」

聖女がバスケットを差し出す。

男性はそれを受け取り——

「おや、いいのかね？」

「はい。わたしが連れて来たわんちゃんですから！」

「ん？　ということは、君が自腹を切ったのか」

「そうですけど……気にしないでください！　施《ほどこ》しを与えるのが聖女の役目です！　あ、でもなんでもかんでも施したら相手のためになりませんから、ちゃんとしめるところはしめますからね！」

「ふむ」

しっかりした子だった。

まあ、いわゆるところの『わんちゃんのご飯』をこの家の『わんちゃん』は食べないだろうし、トリミングとかウロコ相手にどうしろという話ではあるのだが……

「そういうことならば、ありがたく受け取っておこう。彼も喜ぶであろうよ」

「でも、意外です。おじさん、動物好きなんですね？　わんちゃんと仲良くしてるみたいで」

「動物好き……まあそう言えなくもないか……特にコウモリとオオカミが好きかねえ」

「変わったチョイスですね」

「ヒトの基準で言えばそうかもしれないねえ。それで、今日はどのような用件かな？」

「それはもちろん、おじさんを社会復帰させるためですよ」

いつものだった。

男性は社会復帰をする気がないし、必要もない。

なにせ吸血鬼なのだ。

しかも最近、老いのせいか、あまり食欲もないし、活動時間もそう長くない。

ただ——信じてもらえない。

まあ、絵本などの登場人物がいきなり抜け出して『やあ、現実にいるよ』と言ったところで、信じるのは純真な子供ぐらいなものだろう。

非実在吸血鬼おじさんはその事実を思うたびに嘆息《たんそく》を禁じ得ない。

かつて人外どもが繁栄を誇った時代を知っているだけに、少しだけノスタルジィを感じるのだ。

「それで、今日はどのような手段で私を城の外に出そうとたくらんでいるのかね？」

「いえ、今日は『外に出よう』とは言いません」

「ほう？　では、どうするのかね？」

「起業です」

「……？」

「このお城で商売を始めて、お客さんを呼び込むのです！」

今日はどうやら、変化球で来たようだった。

なるほど、引きこもりたいという相手の主張を受け入れつつ、社会復帰させたいという自分の主張も通そうという、見事な折束案《せっちゅうあん》である。

ただ——

「そもそも、君の認識では、この城は『私のもの』ではなく『国のもの』ではなかったのかね？　そこで勝手に商売を始めることなど、国は許すのかい？」

「そこは、今日はまだ重要な問題じゃないんですよ」

「いや……重要な問題だと思うのだが……」

「今日はとりあえず、『こんなお店やったら楽しそうだなあ』っていう夢をふくらませて、現実的なことは、ふくらんだ夢を見てからやっていったらいいんです！」

「ふむ」

「やりたいこともないのに『まずは現実的なことから』とか言い始めたら、絶対にやる気がなえちゃいますからね！」

理にかなっている。

理というか――情にかなっている、のだろうか。

たしかにいきなり煩雑《はんざつ》なことをやれと言われても、なかなかやれるものではない。

「なので今日は、妄想《もうそう》をしましょう。現実はいいんです！　ポイしちゃってください！」

「そうは言われてもねえ。私はそもそも『商売を始めたい』と思っていないのだが」

「ペットカフェとかどうでしょう？」

「……ペットカフェ？」

「はい！　動物がたくさんウロウロしてる飲食店です！」

「……大丈夫なのかね、色々」

「まあお客さんの食べ物をペットが食べちゃったりもするみたいですけど、そういうのも含めてのペットカフェなんですよ！」

飲食がメインではない、ということなのだろうか。

男性にはのみこみがたい概念《がいねん》だ——古い考えのせいだろう。

「おじさん、動物好きみたいですし、どうです？」

「そうだねえ。あいつらのように手間のかからない動物ならいいのだが……」

「あいつら？　わんちゃん以外にペット飼ってらっしゃったんですか？」

「……いや」

うっかりしていた。

部屋の片隅にたたずむ、メイド服姿の少女——眷属《けんぞく》。

男性はそのもとの姿がコウモリであることを知っているので、いまいち『ヒト』として扱いにくく思っているが、聖女から見れば眷属は『ヒト』なのだろう。

というか——孫だ。

男性の孫、というような扱いになっている。

それを『ペット』と公言したら問題にされそうな気がした。

「……昔は色々飼っていたのでね」

「へえー！　そうだったんですか！　だからわんちゃんのお世話も慣れているんですね！」

「まあ……」

「やっぱりおじさん、向いてますよ！　ちゃんとした格好をして、髪とか整えたら、おじさん自体も素敵ですし！　ファンがつきますよ、きっと！」

「ふむ……」

ファンはつくだろう、それは。

なにせ――普通のヒトならば、男性に見つめられただけで『魅了』されるのだから。

聖女に効かないのは、彼女が男性からの魔法を無効化しているからである。

本人に自覚はないようだが、希有《けう》な才能と言えた――少なくとも、過去、男性が普通に外出していたころには鉢合《はちあ》わせしなかった能力だ。

「真っ白いシャツを着て、黒いタイなんか締めて、トレイ片手に『いらっしゃいませ』って」

「……なにか妄想が進んでいるようだね」

「いいと思います！」

聖女が鼻息荒く言った。

男性は苦笑した。

「しかしねえ聖女ちゃん、私はそもそも、人付き合いが苦手で引きこもっているのだよ。接客は無理だし――歳をとると、新しいことを始めるのがおっくうでね」

「でも、似合いますよ！　『いらっしゃいませ』って言ってみてください！」

「イラッシャイマセ？」

「もっと低い声で！」

「いらっしゃいませ……」

「耳元でささやくように！」

「いらっしゃい、ませ……」

「たまらないですね！　声だけ持って帰りたいです！」

どんな概念だ。

最近の若い子はちょっと怖いなと男性は思った。

「……ともかく、私に接客は無理だね。いらぬ被害を出しそうだ」

「そうですか……眷属ちゃんがお料理をして、おじさんが接客をして、わんちゃんが愛されて、理想のペットカフェができそうな予感がしたんですが……」

男性はペットカフェなるものをよく知らないが……

接客は女の子がやった方がいいような気がした。

というかドラゴン自体がその気になれば接客できるので、それでいい気がした。

まあ、経営をするつもりはないのだが。

「うーん……おじさん、夢とかないんですか？」

「夢……夢かあ……昔はあったような気がするが……」

人類支配とか。

世界の王になるとか。

そういう夢を持って、精力的に活動していた時期もあった気がする。

だが、途中で馬鹿馬鹿しくなってやめたのだった。

男性が見ていた夢は、全体的に、夢を叶《かな》えてしまったあとが途方もなくめんどうくさそうなものばかりだったのである。

支配したあとの人類の差配とかやりたくもない。

「……夢は空気をいっぱいに詰め込んだ革袋みたいなものでね。歳を経《へ》るにつれ、しぼんで、最後には手の平サイズになってしまうんだよ」

「なにかよくわからないですけど、深そうですね」

「まあ、手の平サイズの夢もいいものだよ。私は過ぎたことは望まない――つまりは、別に働かない」

男性は薄く笑う。

色々考えもしたが――吸血鬼はやっぱり働きたくない。

14話　眷属は吸血鬼となかよし

「…………………………………」

眷属は犬を持ち上げる。

顔の前あたりで止めて、しげしげとながめていた。

「なんだ貴様、我に何用だ」

犬が言う。

正しくはドラゴンだ。

『犬のようなドラゴン』でさえなく、ドラゴンだ。

四足歩行で、尻尾が生えていて――

体表がウロコで覆《おお》われ、翼と角の生えた、首が長く、爬虫類《はちゅうるい》みたいな目をしている。

ニンゲンはこんなのが犬に見えるらしい。

不思議な生き物だ――ニンゲンは。

「……」

眷属は言葉を発しない。

ただ、黒髪に隠れていない方の目で、持ち上げるのにほどよい大きさのドラゴンをジッとながめるだけである。

「なんだ貴様、なにか言え。我を持ち上げてどうしたい？」

「………」

眷属はきょろきょろと周囲を見た。

ここは、主《あるじ》の部屋だ。

遮光《しゃこう》カーテンが閉め切られた真っ暗な空間。

ただし視界は悪くない——光源があるとかでなく、眷属は暗いところでもよく見える。

普段はベッドに寝ているか、座っている主はいない。

今はちょっと、別な場所で趣味の日曜大工にいそしんでいる。

『フハハハ！　物質顕現《けんげん》能力に頼らず、戦いの役にも立たぬ物を作るという無為さ！　これはこれでなかなか興味深いものよ！』とか言いながら始めたのが四百年前だっただろうか……

それ以来、主は身の回りのものはだいたいたい自分で作っていた。

今はチェス盤を作成中のはずだ。

駒まで削っている。

先ほど眷属が様子を見たら、「ナイトのね、この馬面《うまづら》の、この下の部分がだね、この、ここの曲線が美しく……」とか独り言を言っていた。

今度聖女が来た時に誘ってみるそうだ。

めんどうとか言いつつ、主は聖女来訪を楽しんでいるフシがあった。

「おい、貴様、我を見るのか見ないのか、どっちなのだ」

手の中でドラゴンが言う。

威厳ある声だ――さぞかし雄大なる姿を持つ者が発しているのであろうと予想できる。

まあ、現実は手の中サイズの爬虫類だ。

腹をなでると喜ぶ。

「おう、おう……やめろ……親指で我の腹部をクリクリするでない……」

身をよじっていた。

嬉しそうだ――声と動作と姿のギャップがひどい。

眷属は再び、ジッとドラゴンを見る。

ドラゴンは股間《こかん》を隠すように尻尾を持ち上げた。

「なんなのだ貴様は……我をもてあそんでどうしたい？」

「…………」

「無口なやつめ。ふん、よかろう。貴様が我に無礼を働こうというのなら、その前に教えてやる――我はかつて『空より降り注ぐ災害』と呼ばれ恐れられた、ドラゴンどもの王である。今の姿に騙《だま》されて我をあなどるのはよした方がいい……我がその気になればこの世界などあっというまに炎に包ま……うひゃ、やめろお前足のつけ根をこしょこしょするなあ……あひゃひゃひゃひゃひゃひゃ！」

「……」

「……ふう、貴様、なかなかの指技を持っているな……よかろう、我のハーレムの一人に加えて……やめい！　我の腹部を左右からギュッってするのやめい！」

「……」

「わかった！　わかった！　ハーレムに加わらなくともよい！　……ふう、まったく……我のハーレムに加われるなどという光栄を辞するとは、なかなか謙虚なやつよ……」

「…………」

「おい、なにか話せ。我ばかりしゃべっていてアホみたいではないか」

「…………」

「――ふむ、なるほど、そういうことか」

「……」

「宿敵が部屋にいないタイミングで我に近寄ってきたこと……そして我の体をおもむろに抱き熱く見つめてくること……なによりハーレムでは嫌だというその態度――貴様、我の正妻になりたあああああああああ⁉　肋骨《ろっこつ》の方をゴリゴリするのやめい！　痛気持ちいい⁉」

「……」

「なにが不満なのだ……我は種族を問わず様々な女を魅了してやまぬ竜王であるぞ……ウロコ磨きとかやらせてやるのに……」

「…………」

「わかったわかった。貴様にも世間体《せけんてい》があろう。我が宿敵に仕《つか》える立場で我の正妻というのは少々扱いが派手——おい待て、なにをしようとしている。なぜ我を片手に持ってふりかぶるのだ。まさか投げようというのではあるまいな？」

「……」

「冗談だ冗談……冗談だよ？」

「…………」

「そうそう、よーしよしよし。いい子だ。ゆっくりな。ゆっくり我を降ろすのだ。そうすれば我に言い寄ったことは宿敵には——」

ガチャリ。

扉が開いて、部屋の主——吸血鬼の男性が戻ってきた。

べちゃり。

眷属はパッとドラゴンを床に落とした。

「我の金属より硬いプリティなウロコに傷がついたらどうするのだ！」

ドラゴンが騒ぐ。

部屋に戻ってきた作業着姿で白髪を後ろにまとめた男性は、不思議そうな顔をする。

「どうしたのかね？」

「……」

眷属は黙って首を振った。

そして――

「…………おかえりなさい。あなたの、けんぞくです」

「どうしたのかね⁉」

あれほど無口な眷属が『話せ』と言われなくてもしゃべった――

その事実に、男性は心配そうな顔になった。

15話　やっぱり吸血鬼は闇の者だった

「おじさん、朝ですよ！」

聖女の元気な声が響き渡る。

室内だ――すでにカーテンの開けられたその場所には、朝日に照らされた様々な家具があった。

どれもゴシック&アンティークな雰囲気で、部屋の主の趣味がうかがえる。

部屋の中には、すでに二人の人物がいた。

一人は眷属と呼ばれるメイド服姿の少女だ。

部屋の片隅に、まるでそういう置物であるかのように、無表情、無言で立っていた。

もう一人は――年老いた男性だ。

伸びた白髪に無精ヒゲ、着ているものはやたらとダンディな、ガウンめいたパジャマである。

男性は来客用のソファに座っていた。

目の前のローテーブルには、木製のチェス盤が置いてある。

あとチェス盤の横には犬がいた。

赤い、ウロコに覆われた、翼があったり角があったりする、爬虫類みたいな顔をした犬である――男性の知識ではこの生物を『ドラゴン』と呼ぶ。

だが、もう『ドラゴン』は『いない』のだ。

吸血鬼もその眷属もまた、お伽噺《ときばなし》の向こう側の生物に成りはてしまった。

でもたしかに、男性だって『私は神です』とか名乗る者と接したら、相手の頭を疑う。

きっと今時の子にとって吸血鬼やドラゴンなんて、そういう感じなのだろう――時間の流れというのは残酷なものだ。

ともあれ――

男性はかすかに口元を笑ませ、低い声で言う。

「やあ、聖女ちゃん、いらっしゃい」

「最近おじさんが起きていて嬉しいです！　さあ今日も元気に社会復帰を目指しましょう！」

「まあまあ。今日は――おじさんの方から話題を提供しようと思ってね」

「まあ！　おじさんがちょっとだけ行動的になっていて嬉しい限りです！」

「聖女ちゃんはチェスはできるかね？」

「駒の動かし方を知ってるぐらいですかね……」

聖女が申し訳なさそうな顔をする。

男性は「そうか」とうなずきつつ安堵《あんど》した。

最悪『チェス？　なんですかそれ？』とか言われる可能性もあったのだ。

その場合、ルールなどを説明するつもりだったが——何百年か前の遊びがまだあるというのは地味にすごいことだ。

「どうだね、いつも君からの提案で、君の申し出ることをやっている。今日は、私に付き合ってチェスをしてみないかな？」

「なるほど！　わかりました！　未熟ですが、お相手つとめさせていただきます！」

聖女は男性の正面に腰かけた。

チェス盤と赤い犬の乗ったローテーブルを挟み、男性と聖女が向かい合う。

「……あれ？　おじさん、この駒手作りですか？」

「ほう、わかるかね」

「はい！　おじさん器用ですよね？　すごいと思います！」

「そうかそうか。まあ、大したものではないが、それなりにうまくできたとは自分でも思っていたのだよ」

男性は嬉しそうに言う。

遠くの方で眷属のため息が聞こえた。

男性は気にしないことにして——

駒を一つ、無作為に手にした。

「先手はゆずろう。あとは、希望があればいくつか駒を落としてもいいが」

「おじさん、チェスお得意なんですか？」

「そそこだよ。ほんの五十年程度しかやっていない」

「すごいやってるじゃないですか⁉」

ヒトの基準だとたしかにそうだった。

たぶんヒトの尺度に合わせて言えば『二年ぐらいやってた』になるのだろうか——男性はヒトの感覚をうまくつかめないので、よくわからない。

「チェス歴五十年が相手……あれ？　五十年？　おじさん五十歳を超えてるんですか？」

「六百年と少し生きているよ」

「へえ、お若く見えますね」

聖女は特につっこまなかった。

男性もそれ以上深く触れずに話を進める。

「そうだ、勝者にはなにかご褒美《ほうび》があった方がいいかね？」

「もー！　おじさんの方が強そうなのに！」

「ご褒美と言っても、そこまで深刻なものは賭けないよ。そうだな——私が勝ったら、また今度別なゲームに付き合ってもらおう。これでどうだね？」

「なるほど、そのぐらいなら大歓迎ですよ。わたしがもし勝っても、お付き合いします！　わたし、おじさんと仲良くなりたいですから！」

「そうなのかね？」

「はい！　社会復帰をうながす立場として、信頼していただくのはとっても大事ですから。それに、わたしとのお友達関係で、おじさんが『友達っていいな』って思ってくれれば、もっと友達の輪を広げられる場所に誘えますし！」

なんかこう、聖女とかの肩書き以上に『光の者』という感じだ。

コミュニティを広げることを、『いいこと』と信じて疑っていない様子である。

おじさんは闇の者なので、あんまり人間関係を広げることにポジティブなイメージがない
──そもそも人間でさえないのに、どうして人間関係を広げられようか。

「あ、そうだ──おじさん、『ご褒美』ですけど、わたしが勝ったら、わたしのお友達を連れてきていいですか？」

「…………………………悪いが手加減はできそうもないね」

「ええっ⁉　そんなに嫌なんですか⁉」

「……君の『友達』というと、社交性が高そうではないか」

「そ、それはもちろん、おじさんと仲良くなれそうな子を連れてきますけど……」

「いいかい聖女ちゃん、世の中にはね、『みんなと仲良くできる人とは仲良くできない人』というのもいるのだよ」

「でも、みんなと仲良くできる人なんですから、おじさんとも仲良くできますよ！」

「やはり聖女とは相容《あいい》れなかったようだな……」

「え、えええ⁉　なにが⁉　なにがいけないんですか⁉」

「しょせんは棲《す》む世界が違ったということか」

強すぎる光は影をより色濃くしてしまう。

今まさにそんな感じだった。

テーブルの上でドラゴンも聖女の発言におののいている。

やはり彼も闇の者だ。『みんななかよし』とかそういう発言には反射的に身構えてしまうのだろう。

「やはり先攻後攻はコイントスで決めよう」

男性は本気になった。

リア充《ひかり》とぼっち《やみ》、それぞれの主義をかけた戦いが、今、始まる——

16話　吸血鬼はちょっとだけ光堕ちしている

あとには灰になった吸血鬼だけが残された。

「…………………………」

それはどちらの沈黙だったのか。

眷属は、物言わぬ真っ白な抜け殻《がら》となった主をジッとながめる。

眷属は主の目の前――来客用ローテーブルに置かれたチェス盤へ視線を移した。

負けている。あまりにも綺麗に。

もっとも、主のチェス力《ちから》がショボかったということではない。

かといって聖女のチェス力《ちから》が高かったというわけでもない。

主は駒の運用では間違いなく勝っていた。

ただ――心理フェイズで負けたのだ。

眷属は主が負けるにいたった、あまりにも凄惨《せいさん》な場面を回想する。

――おじさんにもね、友達がいないわけじゃあなかったんだ。

——ただ、人付き合いというのも、歳を重ねると面倒になってきてね。

——いや、昔はたくさんいたんだけれど、みんな、死んだりしてね……

——ああでも、まあ、おじさんたちはみんな独立精神豊かというか……

——最初から遊び以上の関係での付き合いはなかったかな……

——親友とかは……ちょっと思い出せないな……

——私は孤独だったのだろうか？


主が駒運びを間違えたのは、そんなつぶやきを発した時だった。

『あっ』という声があった。

聖女は『やり直していいですよ』と言った。

が、主にはチェス経験者の意地があったのだろう、『待った』はしなかった。

結果的に、その一手から調子が崩れ始めて、敗北を喫《きっ》したわけである。

「……」

眷属は主の真横に立ち、自分の顔を両手で覆った。

あんた、友達なんかいなかったじゃないか——

なのに見栄《みえ》はろうとするから——

様々な思いが眷属の中に渦巻いていた。

でもこのまま灰になられていても困るので——もちろんリアルに灰ではなく精神が灰燼《かいじん》に帰《き》

されていても困るので、主の肩を叩く。
「……」
しかし反応はない。
聖女のやり口もたくみだったのだ。
友達というものの素晴らしさ。
他者と交流することで得られる充足感。
みんなで一つのことを成し遂《と》げるということの達成感。
そして。
そして――

――おじさん、親友っていいですよね。

言ってはならない、その言葉。
もはや言葉そのものが光。吸血鬼をむしばむモノ。
だというのに、聖女は重ねた。
――おじさんにも、親友って呼べる人が、一人ぐらいいたでしょう？
いたでしょう？
それはひるがえせば『いないわけがないでしょう』という意味だ。

なんという残酷な言葉か。

世の中には友達も恋人もできぬまま一生を終える者だって、たしかに存在する。

でも、光の者どもは、そんな事実を認識できないのだ——だって、自分の周囲には『孤独な者』も『ひとりぼっち』もいないから！

眷属は主の頭に手を置く。

そして、撫《な》でた。

——動き出す。

万年雪が温かな日差しを受けて溶け出すように、永遠の眠りに落ちていた姫が王子の口づけで目覚めるかのように——

主が、ゆっくり首を動かし、眷属を見た。

「……私は……いったい」

「…………」

眷属は頭を撫でる手を引っ込めて、チェス盤を指さした。

主は薄く笑む。

「ああ、そうか——私は負けたのか」

そのつぶやきには寂しさと、一抹《いちまつ》の安堵《あんど》とか感じられた。

主はさらに、顔を上げ、どこか遠くを見て——

「長い夢を見ていたかのようだ。……かつての私は、闇を信じていた。孤独を愛し、静けさを好んだ。そして、一人きりでいることが強さなのだと思っていた」

「……」

「でも、こういう強さもあるのだな。親友、か。……あの言葉は効いたよ。そして、効いた自分に、おどろいた。その友情を、その理想を、その存在を——その光を、即座に嘲笑《あざわら》うことができなかったんだ」

「………」

「なるほど。私もきっと、友達がほしかったのだろうな」

吸血鬼は笑う。

つきものが落ちたかのように。

「これからは、もっと多くのお客さんを招こう。そして友達の輪を広げるのだ」

主が光堕《お》ちしている。

目に闇がない。

眷属は慌《あわ》てた——さすがに慌てた。聖女との光のゲームで負けた傷は深い。

眷属はしばし迷い——

口を開いた。

「あるじ」

「……」

「ともだちが、いるなんて、きゅうけつきっぽく、ない、です」

「……………吸血鬼っぽくない？」

「そう。あるじは、きゅうけつき、です」

「……」

「きゅうけつきに、ともだちは、いらない」

しばしの沈黙。

だが、次第に、男性の目に闇が戻ってくるのがわかった。

そして――

「……長い夢を見ていたかのようだ」

「そのくだり、さっき、やった、です」

「そうだったか。いや、正気ではなかった……そうだ、そうだな。私は吸血鬼ではないか……すっかりアイデンティティを喪失しかけていた……友達とかいても私より先に死ぬものな。吸血鬼は孤高たれ」

「わたしが、いるし」

「そうだった。……危うく闇を見失いかけた。かたちは変われどさすがは聖女、存在そのものが我らの天敵というあたりは何百年経《た》とうと変わっていないということか――」

そう言って主は立ち上がる。

その目にもはや光はなかった――いいことだ。闇の者なので。

「――眷属よ、これより支度を始める」

「……？」

「聖女ちゃんが今度、お友達を連れてくるだろう。ならば——なにか遊ぶものを用意しておかねばな。あと、おやつも」

「…………」

「そこ、『こいつ、あかん』みたいな顔をしないでくれないかね？　ここで『やっぱりなし』とだだをこねるのは、ありえん。美しくない。それに——考えてもみたまえ」

「……？」

「今回の勝負は、私の負けだ。聖女ちゃんの強すぎる光を受けて、精神が崩壊しかけた。ならば——次の勝負では、私が勝つ。彼女の光を陰らせ、闇に堕としてみせよう」

「……やみ、とは」

「闇とはつまり、『一人っていいな』と思わせるということだ」

「…………」

「眷属よ、これは戦争だ。『城を出ない』私と、『城から出したい』聖女ちゃんとの、戦争なのだ」

「……はあ」

「今までは意識していなかったが、ようやく私はこれを戦いと認識した。ならば彼女に教えねばならない——最大二人でできる楽しい遊びを！　家から出ずに行える夢中になれる暇《ひま》つぶしを！」

「……」

「これより私が行う遊びはすべて、戦争と知れ。……なんだか若いころに戻ったようだ。あのころは暴力虐殺即解決だったが、今となってはもう、そんなもので精神的充足感は得られそうにもない――精神的に屈服させ、聖女を闇に堕としてみせよう」

主が「クックック」と笑う。

眷属はなにも言えなかった――『めんどう』以外の理由でなにも言いたくなかったのは、生まれてから初めての経験だった。

主はやっぱり、ちょっとだけ光堕ちしているようだ。

17話　そうしてドラゴンは子犬を超えていく

「……そうだった。我はドラゴンであって、犬ではなかったのだ」

延々と――『特に意味はないけれどなにかの境地にいたるまで木材にカンナがけを続ける』という遊びを終えたあと、ドラゴンはそんなつぶやきをした。

もはやその目に迷いはない。

四足歩行で、尻尾もあるが――毛はなく、ウロコがあり、頭には角があり、背中には翼があり、目は爬虫類のようで、首はヘビを思わせる長さなのだ。

どこからどう見ても、立派なドラゴンである――サイズ以外。

お陰で部屋はカンナくずだらけになってしまったが、男性は満足気に笑う。

そして、カンナくずのベッドの上で「どらごーん！」とか叫びつつゴロンゴロンするドラゴンに向けて言う。

「ようやく思い出してくれたか。そうだ、君は犬ではなく、私は社会復帰が必要な引きこもり中年男性ではない――君はドラゴンで、私は吸血鬼なのだ」

「うむ……わかっていた。わかっていたはずなのに、どこかで我は『犬の方が生きるの楽だな』と思っていた……そうではないのだな。誇りを思い出せた。大いなる天空の脅威《きょうい》、ドラゴンとしての誇りを！」

白髪の男性と、子犬サイズの爬虫類は、がっしりと手を握り合う。

まあドラゴンの手は手というか前足だし、握れる構造にはなっていないので、空を飛んだドラゴンの前足を男性が一方的に握るというちょっとかわいい図になっているが――

「おのれ、我を犬扱いした人類め……許さん……許さんぞ……！」

「その意気だ宿敵よ。我ら闇の者、ともに光を打ち果たさん！」

「手始めになにをしてくれようか……どのようにヒトを闇へ堕とそうか……その前にこの体でカンナがけは疲れた。腹ごしらえをせねば……おい眷属！　我に『カリカリ』を持て！」

『カリカリ』とは、聖女が持ってきた『わんちゃんのご飯』である。

ドラゴンに与えたところ「これうっまあ！」と大絶賛で、今では彼の主食になっていた。

ちなみにパッケージには猫の絵が描いてあるので、きっとドッグフードでさえない。

眷属――部屋の端っこにいる、黒髪で片目を隠したメイド服姿の少女は、ドラゴンを一瞥《いちべつ》し、

「……チッ」

舌打ちをして、視線を元に戻した。

ドラゴンが愕然《がくぜん》とする。その様子を見ていた男性は苦笑し――眷属へ、言った。

「眷属、意地悪しないで、宿敵のご飯を持ってきてくれないかね？」

眷属はため息をつきながら、部屋を出て行った。

嫌気がさして退出した——そんな予感も一瞬場を支配したが、眷属は平皿に『カリカリ』を盛りつけて戻って来た。

ドラゴンは言う。

「なんで我の命令に舌打ちしたのかなあ⁉」

眷属は冷たい目でドラゴンを見下ろし、彼の目の前に皿を置いた。

ドラゴンは吸血鬼の背後に隠れて「我がなにをしたというのだ……」と震えていた。

「まあまあ竜王よ。眷属の非礼は詫《わ》びよう。アレはなかなか気難しい生き物でね。……それよりも、どのように人類を闇に堕とすか、その方法を考えようではないか」

「クックック……すでに人類に勝利する方法など、考えておるわ」

「ほう？　どのようにだね？」

「我は目覚めてより今まで『犬』という立場に甘んじてきた——それは紛《まぎ》れもなく屈辱《くつじょく》であるが、しかしお陰でわかったことがあるのだ。我、実は——ものすごくかわいいのではないか？」

「…………………まあ、続けて」

「よく聞け。いいか、我らドラゴンは滅んだ。それはなぜかと考えた。そして行き当たった。つまり——かわいくなかったからだ」

「……」

「どれほど黄金を蓄えていようとも！　どれほど酒に酔っていようとも！　かわいい生き物ならば殺されることはなかったのだ！」

「……」

「愛らしい生き物が目を潤《うる》ませて見上げてきたら、その時ヒトは、剣を振り下ろすことができるのか!?　――否《いな》である！　ヒトは欲望のために脅威に立ち向かう！　愛のために恐怖に立ち向かう！　だが、欲望だろうが愛だろうが、それはかわいい生き物を殺す理由にはならん！」

「……ふむ、まあ、なんだ、その、言っていることはわからなくもない」

「よいか宿敵よ。我は――子犬を超える」

「…………………」

「我らが力で押さえつけても、ヒトは知恵ではねのける。重要なのは『競って勝つこと』ではなく『競う気を無くさせること』なのだ！　そしてヒトが『敵』と思わないもの、それは『かわいいもの』なのである！　ゆえに我はかわいくなる！　最カワドラゴンを目指すぞ！」

ドラゴン、咆《ほ》える。

男性はその声を聞いて思った――なにかが、違う気がする。でも、合っている気もする。

……まあ、試しもしないうちから『ダメだ』と断じることもないだろう。

可能性は実際に試すまでは無限大なのだから。

「……君はそういう方向でやりたまえ。私は私の方向でやる」

「ふむ。たしかに、貴様に『かわいくなれ』と言っても無理であろうな。なにせヒトガタの時点で資格がない。あと、貴様どう見てもおっさんだものな」

「亀と蛇を足して翼と角を生やして赤く塗ったような生物に言われたくはないが……あと君も

中身はいい加減おじさんだろう?」

「これから我は、中身が少女であるという設定になる」

渋く雄々《おお》しい声で宣言した。

声で全部台無しな気がした。

「まずはそうだな……『かわいい動作』というものを研究せねばなるまい」

「……つらい道のりだろうが、がんばりたまえ」

「宿敵よ、貴様は我がなぜ他のドラゴンが滅ぶ中、今まで生き残っていたか知らんようだな」

「どんな理由なのだね?」

「我には他のドラゴンにない『学習能力』があるのだ。百年も研究を続ければこの世で一番かわいい生き物になることなど造作もないわ」

「ドラゴンは自分以外のドラゴンを容赦《ようしゃ》なく見下していくのだね……」

「吸血鬼とてそうであろう。だから我らには同種でも友人がおらんのだ」

「かまわんさ。友などいらぬ。私にはただ、敵と眷属があるのみ」

「ほう……強くなったではないか」

「ああ。一つ高みにのぼった気持ちだ。……今となっては、聖女ちゃんが来るたびにちょっとはしゃいでいた自分が恥ずかしい。これからは敵として盛大にもてなそうと思う」

「我はかわいさを究《きわ》めるが——貴様はなにをもって、人類に対抗するのだ?」

「私の最終目標は『わかりましたおじさん。人は一人でも生きていけます。わたしが間違っていました』と聖女ちゃんに言わせることだ」

「ふむ」

「なので、一人で楽しそうに生きている姿を彼女に見せていこうと思う」

「…………まあ、貴様は貴様のやり方でやるがよい」

「そうだな。君はなんだかんだ目立ちたがり屋の寂しがり屋だからな。私のように孤高たるのは難しかろう」

「そういうことでよい」

「最大二人でできる楽しい遊びを探さねばなるまい。眷属と二人楽しそうに遊んでいる姿を見れば、聖女ちゃんも私の社会復帰をあきらめるだろう」

「……眷属と二人で遊んでいたら、一人で楽しそうに生きてはおらんではないか」

「眷属だぞ?」

「………貴様、自分で気付いておらんのかわからんが、なにかおかしなことを言っておるぞ。うまく表現できんが」

「その感想は、私も君に対し抱いている——まあ、とりあえずやってみてから、結果を待とう」

「うむ、それがよかろう。では、よき闘争を」

「ああ。よき闘争を」

おじさん二人は拳を合わせた。

その横で眷属は『時代は変わった』と思った。

18話　やっぱり聖女のペースで物事は進んでいく

「おじさーん、朝ですよー！」

ガッシャアアアア！

けたたましい音を立ててカーテンが開かれる。

真っ暗闇に包まれていた部屋に、朝の光が差しこんだ。

「おじさん、朝！」

「……やあよく来たね聖女ちゃん。待ちわびたよ」

部屋のベッドの上には、膝《ひざ》を抱《かか》えて不敵に笑う男性が一人。

白髪頭の、社会不適合者のおじさん——それは仮の姿で、本当は吸血鬼なのである。

別に隠してない。ただ、世の中が『吸血鬼ってお伽噺に出るアレでしょ?』という風潮のせいで信じてもらえないだけである。

だから聖女にとってこの男性は『社会になじめないおじさん』でしかなく——

聖女は今日も、おじさんを社会復帰させるために来たのだろう。

「まあ！　待っててくれたんですか⁉　嬉しいです！」

「ああ、待った。対策は万全だ。今までは君を侮《あなど》っていたようで、すまないね」

「いえそんな、おかまいなく！」

「……それで」

男性は、聖女の周囲をキョロキョロ見回す。

たしか先日、チェスで勝負をした時——

「今日はお友達を連れてくるのではなかったのかね？」

「ああ！　そのことで、わたし、ちょっと反省したんです」

「ふむ？」

「たしかにわたしは、『誰とでも仲良くできる子』を連れてこようと思っていました。でも、それって乱暴だったかなって思ったんです」

「と、言うと？」

「『誰とでも仲良くできる』っていうのは、おじさんのことをちゃんと見てない気がしまして。『誰とでも仲良くできる人とは仲良くできない人がいる』って、言ってたじゃないですか」

「うむ」

「考えても、ちょっとよくわからなかったんですけど……」

「……まあ君は光の者だからね。我らの気持ちはわかるまいよ」

「でも、『誰とでも』っていう考えは、乱暴でした！　人は、一人一人違って、みんな素晴らしいのに、おじさんを『その他大勢』みたいに扱ったように感じられるかなって思ったんです。

おじさん、ごめんなさい！」

「……う、うむ」

今日の聖女は一段と光パワーが強い。

男性はちょっとひるむ。

「だから今日は、連れてくる人をおじさんに選んでもらおうと思うんです」

「……面接でもするのかね？」

「いいえ、相性診断です！」

と、聖女は背中からなにかを取り出す。

そこにはいくつかのチェック項目が並んでいた。

「これに『はい』『いいえ』『どちらでもない』を答えていただくことによって、おじさんと相性のいい子がわかるようになってるんですよ！」

「…………最近は便利なものがあるのだね」

「今、若い女の子のあいだで流行してますよ！」

若い女の子のあいだ、とか言われると男性はなにも言えない。

おじさんなのだ――『おじさん』の対義語は『若い女の子』である。

「じゃあ、始めていいですか？」

「まあ、それで君が納得するのなら、かまわないがね」

「ありがとうございます！　では――第一問！『わりとめんどうくさがりな方だ』」

「『はい』」

「第二問！　『本音を言えば、吸血鬼や妖精や幽霊などは実際にいると思っている』」

「その質問にもの申したいのだが……なぜ吸血鬼と妖精と幽霊が同一ジャンルみたいに語られているのかね？」

「全部お伽噺に出てくるからです！」

　時の流れを感じる。

　幽霊はいないし、妖精はいるが連中は虫とか動物と同じジャンルだし、吸血鬼はヒトかそれ以上の自我と知恵をもってここに存在しているのに……

「……まあ、いると思っているがね。三分の二は確実に……」

「では、第三問！　『空想にふけったりするのが好きだ』」

「歳をとると、昔のことを思い出す機会が多くなるのだが、これは『空想』に入るのかね？」

「どうなんでしょう……若い女の子向けの相性診断なのでそういうのは対応してないんじゃないでしょうか……あ、でも、回想も空想の一つ……なのかな……すいません！　ちょっとよくわからないです」

「……まあ、『どちらでもない』としておこうか」

「わかりました！　では、第四問！」

「全部で何問あるのだね？」

「全部で五問です！　第四問！　『年上より年下の方が好きである』」

「……その質問、私にするのに向いていないんじゃあないかね?」

「でもいちおう答えていただけると……」

「私より年上はそうそういないのだが」

「じゃあ『年下好き』でいいですか?」

「ニュアンスがこう……まあ、まあ、かまわん。それでいい」

「では、最終質問です! 『外に出る時は近場でもしっかりした服装をする方――』あっ」

「………………」

「す、すいません」

「いい、謝らないでくれたまえ。私とて生まれて一度も外に出なかったというわけではないのだ」

「じゃ、じゃあ、回想していただいて……」

「私は『夜の貴族』と呼ばれたこともあってだね……常に正装だったよ。タイの乱れなどもなかったし、眷属にもそのようにしつけをしていた」

「じゃあ『はい』ですね。では――結果発表! えーと『あなたと相性のいい異性は』」

「ちょっと待ってくれないか」

「なんでしょう?」

「相性のいい異性? なぜ異性限定なのだ?」

「若い女の子のあいだではやっている相性診断は、だいたい恋愛がらみしかないんですよ」

「私は別に、恋人を紹介してほしいわけではないのだが？」

「わたしもそんなつもりは……で、でも、わたしのお友達ですから、女の子ですし、別にほら、『恋人候補』と明言はされてないですし！　あくまで仲よくなれそうかどうかですよ！」

「……まあ、いいか。続きを」

「はい！　では――こほん。『あなたと相性のいい異性は、物静かで空想にふけるのが好きなタイプ。好きなことを共有できれば、話がはずむかも？』」

「……なぜ最後、少し言葉をあいまいに濁したのかね？」

「相性診断ってだいたいこうですよ」

「診断を謳《うた》うなら、もう少し確定した情報がほしいところだが……」

「物静かで空想にふけるのが好きなタイプには心当たりがあります！　まかせてください！」

「君やその相性診断にまかせるのは、それなりに不安もあるのだが……」

「大丈夫！　その子、吸血鬼とか好きですから、きっとおじさんと話が合いますよ！　すごい詳しいんですよ、吸血鬼とかそういうの！」

マニアと一緒にされた。本物なのに……

「あ、そういえばおじさん、眷属ちゃんとわんちゃんは？」

今気付いた、というように言う。

たしかに今日は、部屋にいない。

広い城なので、別にいることのできる場所はこの部屋以外にもたくさんあるのだが……

「二人はお散歩だよ」

「まあ、そうなんですか」

「ドラゴンもドラゴンでやるべきことがあるらしくてね……今ごろは街で子犬などを観察し学んでいるのではないかな。眷属は同伴を嫌がったが、街に出るということなので、どうにか説き伏せたのだよ。いや、あいつはドラゴンの世話を嫌がるのでね」

「ドラゴン？　わんちゃんの名前はドラゴンちゃんになったのですか？」

「いや、あいつはドラゴンだよ。もう犬はやめたのだとか」

「……えーと……あ、はい、なるほど！　大丈夫です！　今度連れてこようとしてる子、ドラゴンも好きですから！　よく『竜の末裔《まつえい》で吸血鬼の魔法使い』って自称してます！」

「……竜の末裔で、吸血鬼の、魔法使い？　……竜の末裔で、吸血鬼の、魔法使い？」

　さっぱり姿が浮かばなかった。

　竜の末裔ということはドラゴンだろう。だが、ドラゴンは一般的に魔法を使わない。やつらには翼と息吹《いぶき》があり、強靭《きょうじん》な体がある。また、驕《おご》りやすく努力を怠《おこた》る性格の者が多く、魔法をいちいち学習したりはしないはずだ。

　吸血鬼で魔法使いなら、まあわからなくもないが……

　吸血鬼は目に魅了の魔法があったり、牙《きば》に隷属《れいぞく》の魔法があったりと、体の各部位に魔法が宿っている。

　それのみならず自然現象系の魔法の才能も高いので、だいたいの者が手足のように魔法を扱う。

なので『吸血鬼』という時点で同時に『魔法使い』という意味も含む。

よって『吸血鬼の魔法使い』は言葉の意味が重複している。

あと、ドラゴンと吸血鬼は兼ねられない――ドラゴンを眷属にしたり同胞にしたりは、不可能だったのだ。

「……君のお友達は、どのような化け物なのだね？」

「あーその、えっと……そういうキャラなんですよ。たしかにちょっと話がわからない時とかもありますけど……明るくていい子なので！」

「竜種であり吸血鬼でありながら、『明るくていい子』……？　闇の者ではないのか？」

「闇の者だそうですよ」

「…………………………」

おじさんは混乱している。

いったいどんなクリーチャーを連れてこようというのか……

「……よかろう。なにが来ようと、もはや私の敵ではない」

「いえ、敵じゃなくてお友達なんですけど……まあ、おじさんなら話が合う気がします」

「そうかね？　まあ、話が合わなくともかまわないが。なにせ私は、一人でもやっていけるのだからね」

「じゃあ、その子の予定が合ったら連れてきますね」

「うむ。待っているぞ」

こうして吸血鬼の知り合いが増えることになった。

やっぱり聖女のペースで物事は進んでいる。

19話　吸血鬼とドラゴンはなかよし

「……ふむ、竜の末裔《まつえい》で、吸血鬼の、魔法使いか……」

真っ暗な室内で、ドラゴンが悩ましげにつぶやく。

冗談でも妄想《もうそう》でもなく、ドラゴンだ。

体表がウロコに覆《おお》われた、背中に翼が生えて頭に角のある四足歩行の空を飛ぶ生き物を他に呼びようもないだろう。

まして——犬などと。

こんなものが犬に見えるはずはないのだ。

男性は目の前でバサバサホバリングするドラゴンを見て思う。犬には見えない。犬は飛ばないししゃべらないのだから。

「そもそも『竜の末裔』とはなんだ？」

ドラゴンが長い首をかしげた。

それは、男性もそう思っている。

ドラゴンと眷属《けんぞく》が帰ってくるまで、男性はベッドに横になりながら一生懸命考えた。

『竜の末裔で吸血鬼の魔法使い』。

聖女が連れて来るのだから、それはもちろん邪悪なクリーチャーではないにせよ、神聖なクリーチャーかもしれないのだ。

対策を練るにこしたことはない。

だが、対策を練ろうにも正体がわからなければどうしようもなかった。

聞いている単語から想像しようにも、とっかかりがない。

なにせ――

「やはりドラゴンに『末裔』というのはいないのかね？」

「うむ。我らは世界の始まりからあり、脱皮により延命を続ける――争いなどの外的要因や、脱皮をうっかり忘れるなどがなければ、滅びぬ。そしてなにより、子を生《な》さぬ」

「君らの『ハーレム』というのは……」

「ドラゴンのハーレムとは子作りを目的とした集団ではなく、ヒトで言うところの宝石箱のようなものなのだ。美しいものを並べてしまっておき、たまにウロコなどを磨かせるだけだ」

「つまり、ヒトに子を産ませるドラゴンはいないと」

「不可能であろうな。ヒトとのあいだに子を生せるドラゴンなど、もはや『ドラゴン』とは呼ばん。ドラゴンに似た別の生物だ」

「では『竜の末裔』などいないと、そういうことでいいのかね？」

「おらんな。…………ああ、だが、待てよ。竜のハーレムに迎え入れられ、主《あるじ》たる竜が殺され逃げたヒトが、その後授かった子を『竜の子』と呼び育てることがある――みたいな話は聞いたことがある」

「それはつまり、ヒトの子を、勝手に『竜の子』と呼んだということか？」

「うむ。本気でその嘘を信じ続けた者が、『自分は竜の末裔なのだ』と子々孫々《ししそんそん》に語り継いでおれば、今の世界に『竜の末裔』も――そう思いこんでいる者も存在するやもしれん」

「なるほど」

渋い声の男性二人は、ベッドの上で顔を突き合わせ、うなっていた。

しごく真面目《まじめ》な雰囲気だ。

そこには『竜の末裔で吸血鬼の魔法使い』なる未知の存在に対する警戒があり、慢心など欠片《かけら》ほどもなかった。

心底恐れているとさえ、言えるだろう。

『常闇《とこやみ》の王』と呼ばれた吸血鬼と、『万雷の彼方《かなた》より来る《きた》者』と呼ばれたドラゴンが、これほど真剣に敵について考察することは、まずない。

「君の言ったように、『竜の末裔』はそれで説明がつく。末裔と思いこんでいるだけのヒトならば、吸血鬼の同胞か眷属になることもありえよう。だが――『吸血鬼の魔法使い』というのがどうもいまいち、私にはピンとこないがね」

「吸血鬼は魔法使いであろう？」

「たしかにそうだ。だからこそ、おかしい――吸血鬼が魔法を使うのは当たり前だ。だというのにわざわざ『吸血鬼の魔法使い』と自称していることが、どうにも、わからない」

「つまりそれだけ、魔法に自信があるということではないのか？」

「……ほう？」

「吸血鬼は魔法を扱うことができる。……魔力への抵抗が弱い者を見ただけで魅了し、牙《きば》を突き立てれば他者を自身と同じ存在に造り替えてしまうことができる。血液を飲ませれば相手を従属させ、また、従属した者の能力を引き上げることができる。翼を生やし、霧《きり》になり、体をどれほど刻もうが再生をする――」

「うむ。つまり、その『竜の末裔で吸血鬼の魔法使い』とは……」

「今言った程度ではないのであろうな」

「……なるほど。恐ろしい相手だ」

男性の額《ひたい》から冷や汗が垂れた。

この種類の緊張は久々である。

いや、かつて、目の前の竜王と戦った時にさえ感じなかった、絶対的戦闘能力を持つ相手と対面するという未来に、今までにないほど恐怖している。

『竜の末裔で吸血鬼の魔法使い』。

しかも――『明るくていい子』。

これだけ闇の者の特徴を備え、また、闇の者を自称しておきながら、聖女と友達をやっているというのだ。

光と闇を兼ね備えた最強の存在ではないか。

「……いや、しかし、待ちたまえよ。聖女ちゃんは『吸血鬼』や『ドラゴン』を信じていないはず。君のことさえ、犬と呼んではばからなかった」

「うむ」

「ということは――聖女ちゃんが連れて来ると言ったのは、『竜の末裔で吸血鬼の魔法使い』を名乗るだけの、ただのヒトという可能性も高いのではないか？」

「貴様はもう少し物事を深く考えた方がいい」

「ほう。では――『智恵持つ暴君』と名高い竜王は、聖女ちゃんの発言をどう読み取るね？」

「貴様は偽物《にせもの》の吸血鬼か？」

「馬鹿な！　私が本物であることは、君もよく知っているはずだろう！」

「つまり、そういうことであろうな」

「………………まさか」

「そうだ。その『竜の末裔で吸血鬼の魔法使い』は、本当に、『竜の末裔で吸血鬼の魔法使い』であり、嘘偽《いつわ》りなく『竜の末裔で吸血鬼の魔法使い』を名乗っている。だが――」

「それを、聖女ちゃんは信じていない、と」

「そういうことだ。……さて、我らとそやつの対面で、なにが起こるか。せいぜい楽しみにしておこうではないか」

「君は、どうするね？」

「どうもせんわ。いや——何一つする必要がない。なぜならば我は絶対無敵ゆえにな。散歩中に数々の愛玩《あいがん》動物を観察し、やつらの動作を身につけた。今の我ならば、魔法を使えぬこの身で貴様さえ魅了してみせる」

「計算尽くでやっているのを知っているから、あざとく見えるだけだと思うが……」

「ふっ……『後ろ足二本で立ち前足二本を合わせてちょうだいちょうだいと要求する動作』をしてやろうか？」

ドラゴンがふんぞり返る。

まるでその動作が必殺の一撃であるかのようだ。

出せば必ず落とせる確信がある。

だからこその警告というように、男性には聞こえた。

「……君も、今までとは別種の力を身につけたようだね」

「ふん、当たり前だ。我の学習能力をなめるなよ——他にも『狭いところに入って寝てたら出られなくなってもがく』や『尻尾を追いかけてくるくる回る』などもある。他者の協力さえ得られれば『ヒトの手の平にお腹《なか》のあたりを支えられて、飛んでるみたいに前足後ろ足を伸ばす』という動作も可能だ」

「なにかよくわからんが、途轍《とてつ》もない自信だ」

「貴様のことも、いざとなったら守ってやろう。相手が敵意を発したならば、我に人差し指を向け『バーン』と言うがよい」

「するとどうなるのだね？」

「我が倒れる」

　今世紀一番重苦しい声だった。

　ドラゴンが倒れるからなんなのか男性にはよくわからないが、世界でも滅びそうな迫力だけは伝わってきた。

「……なににせよ、お互いやることは変わらないということか」

「貴様もか」

「ああ。私は一人で眷属と一緒に楽しく遊ぶよ」

「そのセリフにおかしさは感じぬのか？」

「……なにかおかしいかね？」

「いや。吸血鬼独特の感性なのかもしれん」

「……なんだね」

「いいや。うまく説明できん」

「ともあれ――なにが来ようと変わらないことがわかって、よかった。いや、実は少し不安だったのだよ。なにせ未知の存在だからね」

「うむ。実を言えば、我も不安がないではない――だがこれで、お互いゆるがぬ信念があることがわかったな」

「ああ。あとは『竜の末裔で吸血鬼の魔法使い』を待つとしよう」

「うむ。『竜の末裔で吸血鬼の魔法使い』など恐るるに足らぬがな」

ドラゴンと男性は拳を合わせる。

部屋の隅で眷属は『あいつら仲いいな』と思っていた。

20話　吸血鬼はやっぱり少しだけ寂しい

「おじさん朝——どうしたんですかおじさん⁉」

聖女がおどろく。

それはそうだろうと男性は思う。むしろおどろいてくれなければやりがいがない。

すでにカーテンの開け放たれた部屋。

そこには男性とメイド服姿の少女と、子犬が——吸血鬼と眷属とドラゴンが、いるのだ。

しかもただいるだけではない。

全員、扉から入ってくる者を待ち受けるように、横一列に並んで立っていたのだ。

それだけでも『うおっなんだ⁉』となるのに——

男性は正装していた。

ガウン——ゆったりした寝間着ではなく、シャツをまとい、タイを締め、ベストとスーツを着て、ピカピカの革靴を履《は》いた格好である。

その右側にいる眷属は、なぜか彼女の身の丈《たけ》の倍以上はある剣を、肩に担《かつ》ぐようにして持っていた。

さらにドラゴンは右側に鍋、左側にボールを用意し、キラキラした目で聖女を見ている。

まぎれもなく全員が臨戦態勢だった。

吸血鬼はゆったりと歩み、入り口を開けた状態で固まる聖女へ近付く。

「やあ、おはよう聖女ちゃん」

「お、おはようございます……おじさん、どうしたんですか、服なんか着て」

「君、私が普段全裸みたいな言い方はやめたまえ。眷属に怒られてから部屋でも服を着るようにしているのだ」

「いえその——正装なんかして、どうしたんですか？　……あっ、まさか——」

「外出はしない！」

「……そうですか」

「外出はしないが——そろそろ君が、お友達を連れてくるのではないかと思ってね。お出迎えするために、三時間ほど前からスタンバイしていたのだ」

「三時間、扉の方向を見て立ちっぱなしだったんですか⁉」

「君たちが来てから慌《あわ》てて準備するのは優雅ではないのでね」

ずっとキメ顔をしていたせいで表情筋が疲れている。

その点、ドラゴンはさすがだ。

三時間前から今まで、かわいい表情を崩そうともしない。プロ魂を感じる。

「でもおじさん、ちゃんとした格好をするとやっぱり素敵ですよ！　どうです？　せっかくですから、今日は外でお話ししませんか？　実は普段よく行くおしゃれな喫茶店がですね――」

「そこ、流れで私を外に出そうとしない」

「そんなつもりは……でも、おじいちゃんが格好よくって、眷属ちゃんがうらやましいです」

「……」

どうしてだろう。

眷属は孫ではないし、今の服装は聖女が連れてくる相手を威嚇《いかく》するための、言わば『戦闘服』なのだが……

褒《ほ》められると悪い気はしなかった。

「……」

眷属がいつの間にか近付いてきて、無言で男性のスネを蹴る。

男性は咳払《せきばら》いした。

「さて、我々の準備は万端だ――出してもらおうか、『竜の末裔で吸血鬼の魔法使い』を！」

男性が高らかに述べた瞬間だった。

聖女が扉の向こうに引きずり込まれる。

あんまりにも急だったもので、一同みんなビクッとした。

ほんの少しの静寂《せいじゃく》。

そのあと、聖女は戻ってきて――

「え、えっと、その前に……おじさんは本当に吸血鬼なんですよね？」

「そうだが？　ようやく信じる気になったのかね？」

「わかりました。いえその、ちょっと、友達が聞いてほしいって。……ほら、言った通りでしょ？　大丈夫、大丈夫だから。仲よくできるって」

扉の外に聖女が語りかける。

すると――

――カツン、カツン。

ヒールの音を響かせつつ、部屋に入ってくる少女がいた。

黒い。

その少女の服装は、黒一色だった。

髪は明るい金髪だというのに、黒さばかりが目につく。

それはきっと、装飾品のせいだろう。

フリルとかリボンとか、あと花を模したコサージュとか、とにかくフリフリヒラヒラゴテゴテ、全身真っ黒喪中《もちゆうけい》系コーディネートなのだ。

少女は男性の目の前まで来ると、大きな瞳で男性を見上げた。

そして――

「千年ぶりね！」

初対面です。

男性はあっけにとられる――千年はさすがに生きていない。だから『一度会ったが忘れてい

る』という可能性もありえないはずだが……

吸血鬼だ。

長く生きるとわかるが、もうなんか、五百年以上はだいだい全部千年でいい気もしてくる——ようするに時間を細かくカウントする必要性をあんまり感じなくなっていくのだった。

きっと相手はそのへん、大ざっぱなのだろう。

あるいは『竜の末裔』とかいう話だったから、初代末裔からカウントしているのかもしれない——そう解釈して、話を進めることにした。

「私は君ほどに記憶力がよくないが——そうだね。数百年前、どこかで出会ったことはあるかもしれない」

「そう、数百年前だった気もするわ……」

少女は物憂《ものう》げに顔を伏せる。

そして、意味ありげに笑った。

「とにかく長い時間を超えての再会なのよ。ええ、わたくしたちは、過去に一度会っているわ。それは前世かもしれないし、もっとはるかに昔かもしれない……」

「ふむ……あるいは、『親』の記憶かもしれん。我ら吸血鬼は、自身を吸血鬼にした者の記憶を見ることもあるという。ならば、君の『親』が私と会った可能性もありうるな」

「そうね！　自身を吸血鬼にした者の記憶を見ることもある——その通りだわ！　その設定、メモしてもかまわなくて？」

「……かまわないが、なぜだね？」

「え？　……ええっと……わたくしは、長く生きすぎたせいか、記憶が長くもたないの」

「……なるほど。たしかに」

昨日の晩ご飯とかがたまに思い出せない瞬間がある。

そして気付くのだ――食べてなかったな、と。

「……………ああああヤバイ楽しいなにこの楽園」

「どうしたのだね？」

「なんでもないわ！　ふふ、でも――吸血鬼を名乗る男性がいると聞いても、正直気が進まなかったけれど、来てよかったわ。まさかこんなところに、こんなに素敵な同胞がいるだなんて！」

「それにしても、君は外で過ごしているのだね。どうだい、最近のヒトの社会は？　我らがヒトにまじって過ごすのは、苦労も多いように思うのだが」

「ええ。苦労は多いわ。もうほんと、話の合う人いないっていうか……」

「それはいないだろう。なにせもう我らは絶滅危惧種《きぐしゅ》らしいのだから」

「ひと昔前は結構いた気がするのだけれどね」

「『ひと昔』か」

数百年前だから、まあたしかに、『ひと昔』だろう。

聖女と話しているとどうにも感覚がヒト側に矯正《きょうせい》されていくが――吸血鬼の時間感覚は本

来そんな感じだ。

「それにしても――素敵なおじさまね」

「君は私より年上か、同い年ぐらいではないのかね？」

「……あっ、そうね。そうだわ！　そうよ！　でも、アナタ、見た目がおじさまじゃなくて？　だからこう、おじさまでいいかしら？」

「そうだね。君は若々しい――まるで十代の少女のようだ。うらやましいよ」

「まあ十代の少女ですので……」

「なにかね？」

「いえ！　やはり、そうね、少女の生き血のお陰かしら！　毎日欠かさず若い少女の生き血の風呂につかっているわ！」

「……現代社会はだいぶ我らにとって生き難《がた》い世の中に思えるが、そんなことをしていてその……大丈夫なのかね？」

男性は、同胞の背後にいる聖女を見た。

今の話は聞こえていたはずだが、聖女はニコニコしたままだ。

『若い少女の生き血風呂』とかいう娯楽は、ヒトとして看過《かんか》できないと思うのだが……

「大丈夫よ。わたくしは、力ある吸血鬼ですもの」

「なるほど。聖女ちゃんも見逃さざるを得ないか――いや、君と聖女ちゃんとが友人関係にあると聞いて、違和感を抱いたりもしたが……聖女ちゃんさえ見逃さざるを得ない力の持ち主ということか。納得いったよ」

「ええ、そうね。そういう感じなのだわ。聖女といえどわたくしには逆らえない。うーんと、わたくしは……そう！　ヒトを滅ぼさない代わりに、生贄《いけにえ》を捧《ささ》げられる立場なの！」

「なるほど……うまく立場を確立したものだ。いや、素直に尊敬しよう。妖精などと違ってヒトに取り入らなかった我らは、そのせいで滅んだのやもと思ったが――君は吸血鬼として美しく生きつつも、ヒトの世に溶け込んでいるのだね」

「アナタもどうかしら？　わたくしの口利《くちき》きがあれば、ヒトの世で生きることも難しくはないわ。この地味にわたくしの家から遠くて通いにくい古城ではなく、もっとわたくしの家の近くとかに引っ越して、二日に一度ぐらいのペースでこういうお話をしませんこと？」

「いいや。私はこの城にいるよ。……君も吸血鬼ならわかるだろう。我らは意外と住まう場所へのこだわりが多い。土が変わると眠れないなど、よくある」

「そうね！　わかるわ！」

「だが、たまに話ができると嬉しいのは、私も同じだ。……いや、最近はね、同じ話題を共有できる仲間も減った。若いころは好戦的で、私に従わない者があればすぐさま倒し、ささいなきっかけでケンカから殺し合いに発展したりもしたが――今は同胞の貴重さがわかるよ」

「そうね！　全力で同意するわ！」

「うむ。我ら吸血鬼、ともにこの世を孤高に生きていこう」

「ええ！　また会いましょう、素敵なおじさま！」

「ではまたな。『お嬢さん』」

「くううううううう……イケボ！」

「なんだね？」

「なんでもないわ！」

同胞は顔を真っ赤にして走り去って行った。

聖女は慌てた様子で「あ、ちょっ……お、おじさん、ではまた！」と同胞のあとを追う。

残された男性とドラゴンと眷属は、しばし呆然《ぼうぜん》としたあと——

「宿敵よ、なにかあの娘、貴様に魅了されておらなんだか？」

ドラゴンが言う。

しかし、男性は首を横に振った。

「そんなわけがあるまい。吸血鬼の魅了は、吸血鬼には効果が薄い——まして私より上位の吸血鬼ともなれば、私の魅了が効く理由もあるまい」

「しかしあのメスは絶対堕《お》ちておったぞ。あんな即堕ち、魔法以外にあるまい。巨大な剣を持った眷属の方も、これほどかわいい我の方も、一瞥《いちべつ》もせんかったぞ」

「久方ぶりに同胞と会えて興奮していたのだろう。私も少々、興奮したよ。まあ——精神の年齢は肉体の年齢に強く影響される。彼女が浮ついて見えたのは、少女のような見た目をずっと維持しているからであろうな」

「つまり——今来た『竜の末裔で吸血鬼の魔法使い』は……」

「本物であろう。偽物ならば、ここまで話が合うはずもない――いや、戦うという展開にならずにすんでよかった。彼女が私より上位ならば……そんな者がいるなどと今まで知らなかったが……私と彼女の戦いは、世界に大きな影響を与えるかもしれない」

「ふむ。そんなことをすればヒトどもの介入も避けられんであろうな」

「そうだね。私は――静かにひっそりここで生きられればいいのだから、無用な争いは避けられるならば避けたいところだよ」

男性は薄く笑う。

友達はいらないが――やっぱり同胞との会話は楽しいものだと思った。

21話　吸血鬼は最近、なんだか涙もろい

「あのー……すいません、こちらに吸血鬼さんはいらっしゃいますでしょうか……？」

真っ暗な室内に気弱そうな声が響いた。

男性は目を覚ます。

今は夜になったところだろうか。最近は朝目覚めるのが早いせいで、すっかり夕方には眠る習慣がついてしまっていたのだ――それにしたって活動時間が短くなっている気もするが。

「誰だね？」

自分の城、しかも寝室まで勝手に踏みこまれたが、男性の応対は穏やかなものだ。

慣れているというのもあるが、基本ヒマなので話し相手が来るのは歓迎すべきことなのだった。

ともあれ――カーテンも閉めきられた、男性の自室。

ただのヒトであれば一寸先すら見えない暗闇の中――

「ああ、この部屋か……あなたが、姉の言っていた『おじさま』ですよね」

安堵《あんど》したような、男女の区別をつけにくい声が、響く。

おそらく少年だろう——かすかに低くなりかけているような気配が、声にはあった。

「君が誰かはわからんが、ドアを開けたまま立っていないで、室内に入りたまえ。歳をとると話し相手は貴重なものだ。歓迎しよう——君の態度次第で、『歓迎』の内容は異なるがね」

「あ、は、はい。では、失礼します……」

おどおどと、部屋に入ってくる。

その少年は暗闇の中、キョロキョロとあたりを見回し——

「うわあ、本当に『吸血鬼』みたいな部屋ですね」

「私は本当に吸血鬼だが……君はひょっとして、聖女ちゃんの知り合いかね？」

「あ、その、たしかに聖女さまの知り合いでもあるんですが……えっと、とりあえず——お土産《みやげ》を持ってきました」

「ほう？」

少年は迷いない足取りで来客用テーブルセットを避け、男性のベッドの横に来る。

そして、持っていた袋から、なにかを取り出した。

「なんだね、これは？」

「吸血鬼の——一般に言われる『吸血鬼』の好物は、血と蒸留酒だと聞いておりましたので、近くの酒店で『オーガキラー』というお酒を買ってきました……母に頼んでですけど」

「ふむ。それで——君の用事はなんなのかね？」

「姉がお世話になったようなので、お礼を……あと、お詫《わ》びも」

「先ほども言っていたが、君の『姉』とは……」

「聖女さまに連れられてあなたのもとをおとずれた『竜の末裔で吸血鬼の魔法使い』です」

彼女が来たのは今朝のことなので、さすがに覚えている。

たしかに少年も、明るい金髪だ。

中性的な顔立ちに、真っ白い肌は、どことなく姉を思わせ——いや、あんまり似ていない。

どちらかといえばこの少年の方が美少女だ。

「ということは、君も吸血鬼なのかね？」

「……あーその……実は、僕の姉、吸血鬼じゃないんですよ……姉はその、なんていうか、ちょっと思いこみが強いというか、設定を大事にする方でして……」

「……では、君はヒトなのか？　しかし……」

この暗闇で、初めておとずれたはずの場所を、障害物を避けながら進む——

ヒトの目でそこまで闇を見通せると、男性には思えなかった。

「僕は吸血鬼です。姉のように、思いこみではなく、本物の、吸血鬼です。証明してごらんにいれますね」

少年は恥ずかしそうに、顔を赤らめて言った。

そして「んー！」といきむ声を出し——ポンッと軽い音を立てて、少年の背に、翼が生える。

「ハァ……ハァ……このように……ハァ……がんばれば……ハァ……ハァ……翼のようなかたちを具現化することもできます……ハァ……ハァ……」

美しい少年がおじさんのベッドの横でハァハァしている。

どうやらだいぶ体力とか精神力とかを使うようだ。

「……ふむ。たしかに魔力の通った、君の翼だ。しかし――翼を出す程度でそれほど難儀するようでは、あまり健康な吸血鬼とは言えないな」

「伝説に聞くあなたのように強い吸血鬼は、今の時代、もうどこにもいませんよ」

「……伝説？」

「はい。この古城の伝説――吸血鬼のあいだで語り継がれる口伝《くでん》のようなものですが、曰《いわ》く『闇の帝王が棲《す》んでいる』と、その活躍とともに、一部の者の中では信仰すらされています」

「そうなのか」

どうでもよさそうに言う。

内心はめちゃくちゃ気になったし、嬉しかったが、年長者の矜持《きょうじ》があるのだった。

「どうやら伝説は本当だったようですね。僕の翼に通う魔力が見えているあたりで確信しました。僕らは――僕と母は、あなたから見れば『新しい世代の吸血鬼』ということになります」

「新しい世代の……」

「はい。僕らは、ヒトより少しだけ丈夫で、少しだけ長生きして、少しだけ力が強く、本人の努力次第ではほんの少しだけ『吸血鬼らしいこと』もできる――飛べない翼を生やすなど」

「ふむ」

「その代わりに、少しだけ日差しに弱く、少しだけ動物の血を飲み、なぜかは知らないけれど、水が怖い。──実害はないので、ヒトの世に溶け込めていますけれどね」

「……」

「母と僕は血がつながった吸血鬼の親子ですが、姉と父は違います。母は僕を連れ再婚し、姉は父の連れ子なのです」

初対面でカミングアウトされていい家庭事情ではないなとおじさんは思った。

しかし少年は、憂《うれ》いを帯びた表情で続ける。

「……姉があんなのになったのは、僕のせいなんです」

「……『あんなの』」

「僕は昔から日差しと水が苦手で、泳げないことをバカにされたり、こもりがちなところを指摘されたりしていました。もちろんそれは、僕が吸血鬼だからなのですが──今の吸血鬼は弱点ばかりが際《きわ》立《だ》って感じられましてね。しかも、正体をバラしてはいけない。こんな体に生まれたことや、吸血鬼という存在自体を恨みもしました」

「それは私が耳に入れていい話なのかね？　もっと親しい相手にしか明かしてはいけないような話に思うのだが」

「いえ、真祖《しんそ》さまに聞いていただきたいのです」

「『真祖』……？」

「あっ、すみません……えっと、強いころの吸血鬼──古い吸血鬼を、僕ら新しい吸血鬼は、そう呼ばせていただいています」

「……『古い』吸血鬼……『古い』……」

「話を続けても？」

「……まあ、続けたいなら、続けなさい」

「はい！　では……吸血鬼というものを恨み、嫌なことばっかりだった僕を救ってくれたのが、姉だったんです」

「……ふむ」

「姉は、僕の特徴を、『吸血鬼みたいで格好いい』と言ってくれました。……『みたい』もなにも、本当に吸血鬼である僕は、当時、その言葉を全然ありがたくは思っていなかったのですが……姉は、ことあるごとに、僕を励まし、支えてくれたのです」

「……」

「ある日、あんまりにも吸血鬼吸血鬼言う姉に嫌気が差して、僕は泣いてしまったんです。そうしたら、姉は――『あなたが吸血鬼なんだったら、わたくしも吸血鬼になるわ。そうしたらわたくしたちは、吸血鬼の姉と弟でしょう？』と言ってくれました」

「…………」

「僕は本当に嬉しかった。それ以来、僕は自分に自信を持つことができるようになって――あ、あの、真祖さま、どうされました？」

「いや……」

男性は目頭《めがしら》をおさえていた。

歳をとると涙もろくなるのだ。

「……いいお姉さんではないか」

「はい！　……ですがその、今朝、姉がこの古城に来たという話を聞きまして……しかもどうにも、真祖さまは未《いま》だに存在しているというようなことも言っていたんです」

「まあ、私はここにこうしているからねえ」

「姉が『ヤッベ、ヤッベ、マジヤッベ、マジイケ、イケおじ、ヤッベ』と聞いたこともない声で笑っているのを聞いて、『これはなにか失礼を働いたな』と思ったわけです。なにせ本物の吸血鬼の前で吸血鬼のフリをするとかありえませんからね。まあ、普段からあの感じなので普段からありえないという面も否定はできないんですけど……」

「君は姉のことを好きなのかね？　それとも嫌いなのかね？」

「姉は恩人です。僕は姉のことが大好きですよ」

「……そうか」

「なので、もしなにか失礼をしていて、あなたさまのお怒りに触れてしまっていた場合、どうか姉を許していただこうと、こうしてお土産を持参したわけです」

「なるほど」

「どうぞ、姉の無礼をお許しください。あなたさまのお怒りを鎮《しず》め姉を救うためであれば、僕はなんでもする所存です」

少年はひざまずいた。

男性は安心させるように笑う。

「いいや。あれはあれで、なかなか楽しい一時だった――偽物だったのは残念だが、ヒトの世にはあのような者も生まれるようになっているのだと、知見が広がったような心地だ」

「……では」

「頭をあげなさい。私は怒っていない。むしろ、君のような吸血鬼の存在を知ることができて嬉しいぐらいだ」

「ありがとうございます……」

安堵からか、少年は目の端に涙を浮かべた。よほどの覚悟で来たのだろう――言動に若干《じゃっかん》のトゲは感じられるものの、本当に姉想いの少年なのだ。

「君のような弟を持って、あの少女も幸せだろう」

「そうだとしたら嬉しい限りです。……僕は不出来な吸血鬼で、姉の願いを叶《かな》えてあげられていないので、少しだけでも、かつて姉が僕にくれた勇気に報《むく》いたいと思っているんですよ」

「願い？」

「昔のことですが――『ねえ、吸血鬼って翼を生やせるらしいわ。いつか二人で空を飛びましょうね』って、姉が」

「……」

「だから僕は努力して、ようやく最近、こんな弱々しい翼ですが、生やせるようになりました。いつか、はばたけるようになったら、姉との約束を――どうされました真祖さま⁉」

「いや……」

男性は目頭をおさえた。

吸血鬼は最近、なんだか涙もろい。

22話　それでも吸血鬼は証明をあきらめない

「おじさん、おは――あれ、今日も早いですね？」

聖女が来たので、男性は指を鳴らす。

すると、控えていた眷属がカーテンを開け、部屋には朝の日の光が差しこんだ。

あらわになる室内。

男性は本日、ベッドの上ではなく、来客用テーブルそばのソファに腰かけていた。

「やあ、いらっしゃい。まずはお掛けなさい」

男性は正面のソファを手で示した。

聖女は戸《と》惑《まど》った顔をしつつも――

「失礼します。……あの、おじさん、なんだかこの流れ、以前もあった気がするんですけど」

「まあまあ。まずは――そうだな、飲み物でもいかがかね？　眷属が城の蔵でフルーツティーを作っていてね。スコーンなども、出そうか」

「施《ほどこ》す立場なので……というかやっぱり前も同じ会話をした気がするんですけど」

「なに、かまうまい。『このめでたき日を祝して』というやつだ。――なにせ君との関係は、今日が最後になるかもしれないのだからね」

「やっぱり前も同じ会話しましたよね？　また自殺なんて考えてないですよね？」

自殺ではない。

男性は吸血鬼である。

――だが、信じてもらえないのだ。

だから証明の手段として『体を真っ二つにされてからの再生』を見せようとした。

そんなことできるならば、少なくともヒトではないという証明になるからだ。

でも、止められたのだ。

これについては、ヒトの常識をかんがみてなかったなと、男性は反省している。

『これから真っ二つになります』

『どうぞ』

……などという展開は、ちょっと考えればありえなかったのである。

なので、今日は――

「安心したまえ。今日は平和的に、君に私が吸血鬼であることを証明しようと思う。誰も傷つかない方法だ」

「はあ……」

「今までなぜ思いつかなかったのか不思議なほど、簡単な方法でもある――いや本当に、なぜ思いつかなかったのだろうね？」

「なにをなさるんですか？」

「翼を生やす」

先日、ここをおとずれた少年が『吸血鬼であること』を証明するために行った手法である。

少年が帰ったあと、しばらくしてから『あの方法があったじゃないか！』と男性は体内に雷が奔《はし》ったような気持ちだった。

歳を重ねると、おどろくのにもタイムラグが生じるのだ。

情報と情報を結びつける力がだんだん弱くなってきている気がする。

「トリックなどと言われないように、聖女ちゃんにもいくつかの協力をしてもらいたい」

「わあ、手品みたいですね！」

「手品ではない。そう言われないように、きちんと確認してもらいたいのだ」

「わかりました。わたしはどうすればいいんです？」

「おじさんが今から服を脱ぐから、聖女ちゃんは見ていてくれないか？」

「……えっと」

「わかっている。今の発言は、私自身どうかと思うが、必要な手順なのだ。どうか変なヤツと思わずに協力してもらいたい」

「まあ、はい、その、上半身ぐらいなら……」

「大丈夫だ。見てもらうのは主《おも》に背中になる」

「あ、それなら大丈夫です……まあその、えっと……大丈夫です！」

聖女の中で葛藤《かっとう》があったのだろう。

しかし、最終的には見る方向で決定したようだ。

男性は立ち上がり、聖女に背を向ける。

そして、ガウンのようなパジャマをはだけ、肩甲骨《けんこうこつ》をさらした。

「おじさん、けっこう筋肉ありますね」

「吸血鬼なのでね。肉体は常に最高のコンディションに『再生』し続けている――まあ、今はたわごとだと思っているといい。これから私を吸血鬼だと認めることになる」

「はあ……」

「では、いいか、背中にはなにもないことを確認してくれたかね？」

「はい。なんにもないです。筋肉しかないです！」

「触ってたしかめてもらってもいいのだが」

「えーと……それはちょっと……いえもう、なんていうか、触りたい筋肉ではあるんですけど、そこは超えてはならない一線だと思うのです」

「そうか。ギリギリを攻めさせて申し訳ない。すぐに終わる。……いいかい、まばたきをせずに見ていてくれ。今から、なにもない背中に、翼が生えるからね」

男性は背中あたりに意識を集中する。

『翼を生やす』。

全盛期であれば思った瞬間に身の丈の倍はあろうかというコウモリめいた翼がバサッと広が

ったものだが、最近やっていなかったせいか、ちょっと時間がかかっていた。

男性は念じ続ける。

しかし――

「……なんで翼が生えないのだろうね」

「あの……人は普通……翼、生えないです……」

「ちょっとすまない。久々なせいで緊張しているのかもしれない。少し練習するので一瞬だけ退出してくれないかね？」

「わかりました」

聖女が出て行く。

男性は再び念じる――が、そこまで力をこめることもなかった。

バサッ！

肩甲骨あたりに意識を集中した瞬間、懐《なつ》かしくも少々むずがゆい感覚が広がる。

翼だ。

たしかに動かそうと思えば動かせるし、軽く動かせば体が浮いていく。

「……ふむ、翼が生えなくなったわけではないか」

少々不安だったので、よかった。

男性は一度翼をしまう。

聖女の目の前で生やしてみせなければ、トリックを疑われるだろう。

「聖女ちゃん、戻っておいで」

声に応じて、聖女が部屋に入ってくる。

男性は彼女に背を向け——

「では、今から翼を生やす」

「あの、おじさん、大丈夫ですからね？　人には誰だって心に『自由』という名の翼があるんです。それはおじさんの中にも、きっとあります」

「そういう精神論で濁すのはやめてもらおうか。私の言う『翼を生やす』というのは極めて唯《ゆい》物的《ぶつてき》な話なのだ」

「社会にはばたきましょうよ。きっと、社会に出て見る景色は、今までとは違った輝きにみちみちているはずですよ！」

「やめたまえ！　まるで社会をいいところのように言うのは！」

「いいところですよ！」

と、雑談をしているあいだにも翼を生やそうと試みているのだが——

生えない。

先ほどはたしかに生えた翼が、全然まったく生えてくれないのだ。

男性は理由を考える。

聖女の持つ、魅了などを無効化するあの不思議な力のせいだろうか？

それぐらいしか、理由が思いつかない。

自然現象系の魔法は使えたので、聖女に効果を向けない限り大丈夫だと思っていたのだが……

どうやら彼女の見ている前で『吸血鬼的な』力は使えないのかもしれない。要研究だ。

つまり――

――今日はどうにもならない。

室内には『翼を生やす』と言いながら半裸で少女に背を向けるおじさんと、その背中を優しい顔で見守る女の子だけが残されている。

男性はわずかに笑む。

そして、渋い声で――

「どうやら今日は調子が悪いようだ」

こういう時、若者ならば、羞恥《しゅうち》と焦燥《しょうそう》でしどろもどろになるのだろう。

だが、男性はおじさんだった。

落ち着き払った様子でガウンをまといなおし、優雅な動作でソファに腰かける。

内心の動揺などまったく見せない。

「また後日試みるとしよう。その時には、君におじさんの翼を見せてあげよう」

「はい。楽しみにしていますね。おじさんの翼」

聖女は笑う。

男性も笑う。

そして。

なにかこう、聖女の見ている前で吸血鬼の力を使えないなら、おかしいことがあったような気がしたのだが——

おじさんが情報と情報を結びつけるのは、また少しあとのお話。

23話　ドラゴンはみんなに好かれたい

ある日の午後だった。

「おじさま、それじゃあ、また来るわ！」

そう言って少女が去って行く。

同胞だ。

いや、同胞のフリをしているというか、同胞ごっこをしている子だった。

男性の中では『竜の末裔で吸血鬼の魔法使い』という名で通っている。

聖女とともに来ていた彼女は、今、聖女と二人、帰っていったところだった。

「……なにか、思い出すことがあった気がするのだが」

男性はベッドに腰かけ、二人が去って行ったドアを見つめる。

その足元に、チョコチョコ寄ってくる小さな生き物がいた。

ドラゴンだ。

どうやらコレがヒトには犬に見えるらしい。

こんな亀に蛇を突き刺して翼と角を生やしたような赤い生き物が犬に見えるというのは、男性からすればおどろきだった。

それとも外の世界では、こういう赤い、毛のない、ウロコで体表を覆った『犬』が存在するというのか？

それはもうモンスターじゃないのか？

男性は少しだけ外の世界が怖くなってくる。

「どうしたのだ宿敵よ」

ドラゴンはかわいらしく小首をかしげる。

もはやそのかわいい動作は熟達の域にあった。

ただし声は低い。

地底から響く亡者《もうじゃ》のうめきでも、もう少しキーが高いだろう。

ともあれ、男性はドラゴンの問いかけに応じる。

「いや……なにか思い出すべきことがあった気がするのだが……」

「ふむ」

「……まいったな、思い出すことがあるのは覚えているのに、なにを思い出そうとしているかがまったく思い出せない」

「宿敵よ、それは——年齢のせいだ」

「……」

知ってる。

さしもの吸血鬼でも、脳機能はだんだん劣化していくらしい。

それとも、聖女の『吸血鬼的な力を視線だけで封じる能力（仮）』のせいで、再生が止まっている瞬間でもあるのか――

「……そうだ！　思い出したぞ！」

「そうか。よかったな」

「ああ。……それで、君の見解だと、『竜の末裔で吸血鬼の魔法使い』は、私に魅了されているということだったな？」

「うむ。あの娘が吸血鬼ではないと判明したのであろう？　ならば、あの様子は魅了されているに違いあるまいよ」

「しかし――それはおかしいのだ」

「なぜだ？」

「聖女の見ている前では、どうやら私は、吸血鬼的な能力を発揮できないらしい」

「ふむ？」

「とはいえ、試したのが『翼を生やす』だけなので根拠にとぼしくはあるのだが、あの聖女は視線だけで我ら人外の人外らしい力を封じる能力を持っている可能性があるのだ」

「それで？」

「では、つねに聖女とともに私の部屋に来ている『竜の末裔で吸血鬼の魔法使い』が、私に魅了されるのはおかしくないかね？」

「ふむ。つまり、聖女の視線が『人外の力を封じる効果』を持つならば、その視線を受けつつ魅了が発動しているのはおかしいと、貴様は言うわけか」

「そうだ」

「そして、ひいては、あの娘がどう見ても即堕《そくお》ちしているのは、貴様のアダルトな魅力にその原因の十割があり、能力のせいなどではないと言うわけか」

　おじさんは『言い方があるんじゃないかな』と思った。

　ドラゴンはふむふむとうなずき――

「では、それでよいではないか」

「どうでもよさそうだね、君……」

「他者がモテたとか、他者が好かれたとか、他者が美しい恋人を得たとか、そういう話ほどつまらんものはない」

「……いや、そのようにうわついた話にするつもりはなかったのだが……」

「貴様には言うまでもないかと思ったが――一つだけ、教えてやろう」

「なにかね？」

「我は、我以外の者が好かれることを好かんのだ」

「…………」

「世界中が我だけを好きであればいいと思っている」

　間違いなく最低の発言なのだが……

なぜだろう、ここまで堂々と言われると、すがすがしくさえあった。

「だいたいあの娘、我がどんな動作をしても我の方をチラリとも見んではないか。絶対魅了だと我は思っておるが、まあ、貴様がどう思うかは勝手だしな。いいんじゃないのそれで」

「待ってくれたまえよ。そういう話をしたいのではない。聖女ちゃんの能力について話をしたいのだ。彼女の持つ力が、もしも人外の能力を『見ただけで』封じるのであれば、それは大変なことではないかね？」

「別に。我のかわいさは損《そこ》なわれんし」

「……」

「好きなだけ見るがよいという感じだ。むしろ世界中が我だけを見よと、我は最近、いつも思っておるぞ」

「……」

「というか貴様、ヒトを相手に戦ったりせんのであろう？　聖女が『見ただけで人外の能力を封じる力』を持っていたとして、なんの問題がある？」

びっくりするほど問題がなかった。

平和な世界ほど強力な異能が役立たない環境もない。

「……し、しかしだね……聖女ちゃんに私を吸血鬼と信じてもらうことが難しくなるのは、ゆゆしき問題だよ」

「それ重要？」

「じゅ、重要⁉　重要だとも！」

「はーそうか。貴様はまだそんなことにこだわっておるのか。やれやれだ」

「君はこだわらないのかね？　犬呼ばわりをしたヒトを許さないと言っていたではないか」

「その情報は古い」

「……いや、そう昔のことでもないと思うのだがね？」

「ようするに、本質の問題なのだ。『吸血鬼と呼ばれること』よりも、『吸血鬼としてあること』の方が大事であろう？　我もそうだ。『ドラゴンと呼ばれること』よりも、『ドラゴンらしくあること』の方が大事なのだ」

「……『ドラゴンらしさ』とはなにかね？」

「『世界で一番かわいいこと』であろう？」

「私の知るドラゴンは絶滅したようだね……」

「我は時代への適合をすることで生き抜いてきた存在であるぞ。黄金が狙《ねら》われると知れば黄金を捨て、酔わされ殺されると知れば酒を断った――まあ正直、黄金とかなんのために集めていたかわからんからな。当時夢中ではあったが、振り返れば意味のない情熱だった気もする」

「いや、しかし、それでも、捨ててはいけないものもあると思うのだが……」

「ふむ。たとえば――最近、我もキャラ付けのために語尾を付けようかと思っておるのだ。たとえば『ニャ』とかどうであろうな？」

「ドラゴンだろう、君は⁉」

「いやいや。『おなかが空《す》いたドラ〜』よりも『おなかが空いたニャ〜』の方がかわいいではないか」

「ドラゴン性が消え去るではないか⁉　君はいいのか、それで！」

「かまわん。ドラゴンであるために――世界一かわいい生き物であるために不要であれば、我はドラゴンらしささえ捨てる」

「……」

　ものすごく重い発言をされた気がするのだが、まったく心に響かない。

　あと、人前でしゃべらないんだから、語尾とかどうでもいいんじゃないかなとおじさんは思った。

「宿敵よ、生きるというのは、そういうことだ」

　ドラゴンは重い声で言う。

　そうして、ピコピコと――絨毯《じゅうたん》の上であの造形の生き物が立てるにはあまりにも不自然な足音を立てながら、

「貴様も受け入れて時代に適合せよ」

　言いたいことは以上だというように、部屋から出て行った。

　ちなみに部屋のドアにはドラゴン専用の小さな出入り口がある――飛んでドアノブひねれよと思わなくもない。

　部屋に残された男性は、閉じられたペット用のドアを見つめる。

そして——

「……」

なにを話そうとしたのか思い出そうとしたが——

ドラゴンとの会話のインパクトのせいで、本日の主題をまったく思い出せなかった。

24話　少年の家庭は意外と闇が深い

「おじさま、それじゃあ、また来るわ！」

そう言って少女が去って行く。

同胞だ――いや、同胞のフリをしているというか、同胞ごっこをしている子だった。

男性の中では『竜の末裔で吸血鬼の魔法使い』という名で通っている。

彼女が、吸血鬼を信じているのか、それとも吸血鬼はいないと思ったうえでロールプレイを楽しんでいるだけなのかはあいまいだ。

世の中にはあいまいなことが多い。

ほかにもこの部屋には――

ただのヒキコモリなのか吸血鬼なのかあいまいなおじさんがいたり――

孫なのか眷属なのかあいまいな少女がいたり――

ドラゴンなのか犬なのかあいまいなドラゴンがいたりする。

昼なのか夕方なのかあいまいな時間、男性が、ベッドに座って、生きているのか死んでいるのかあいまいな人生を過ごしていると――

ガチャリ、という音を立てて、ドアが開いた。

「あのー……また姉がお邪魔したようで……」

入ってきたのは、美少女なのか美少年なのかあいまいな存在だった。

吸血鬼の少年である。

最近の吸血鬼は『吸血鬼らしさ』が弱いようで、真祖《しんそ》とか呼ばれている男性からすれば、吸血鬼なのかヒトなのかあいまいな存在だ。

まあ、ヒトの世では生きやすいのだろう。

なにせ今、吸血鬼やドラゴンといった存在は、お伽噺《とぎばなし》の中にしかいないらしいのだから。

「あの、これ、お土産です。本日は『アップステアーズホール』っていうお酒です」

「……毎度毎度、お土産などいいのだがね」

いちおう受け取る。

つき返すのも失礼だろうという判断だ――こういう時、受け取るべきか、断るべきかもまたあいまいだ。

「ところで君は、お姉さんと一緒には来ないのかね？」

「いえ、そんな！　とんでもない！」

「……しかし、姉と弟で別々に来るというのも、なんとなく手間ではないかね？」

「でも、姉が真祖さまに失礼を働いている姿なんて、いたたまれなくて見ていられないですよ！　ただでさえ痛々しいのに……」

「君はお姉さんのこと嫌いなのかね？」

「いいえ、大好きですよ！」

美しい少年は、顔を赤らめて微笑んだ。

本当に好きらしい――しかし言葉にはやっぱりちょっとだけピリッとくるものがある。

「ところで、真祖さまにおかれましては、姉の設定に付き合ってくださっているようで、なんとお礼を申し上げていいやら……」

「ん……まあ、なんだ。私の立場からだと付き合う他にないというか……吸血鬼ぶる彼女の行為を否定しようがないというか……」

「ああ……その、本当に申し訳なく……」

「いやいい。いいお姉さんだからな。ところで彼女は、『吸血鬼』を本当に信じているのかね？」

「いえその……信じてはいないと思います。憧《あこが》れているだけで」

「あいまいな――いや、幻想と思いつつ憧れるのは、ヒトとして自然なのかもしれないね」

「えっと……はい！」

よくわかってないけどうなずいている感じだった。

男性は自分の言葉があんまり若者向けではないのかなと少し不安になる。

「あー……そうだ、『あいまい』で思い出したが、その、君には言いにくいことなのだが」

「なんでしょうか？」

「君のお姉さんが、私に魅了されているかどうか、あいまいな状態なのだ」

「ああ……」

「やはり、なんだ……『魅了』の効果を受けている兆候《ちょうこう》は見受けられるのかね？」

「それがちょっとわからないんですよね」

「しかし聞いたこともないような声で笑っていたのだろう？　普段と違う状態を見せるというのは、魅了されているヒトによくあることだ」

「いえ、聞いたこともない声というのは比喩《ひゆ》表現といいますか……正確に申し上げるのであれば、三次元の存在に対して浮かべたこともない笑みを浮かべていたという感じといいましょうか……」

「……三次元の存在？」

「えーっと……姉はその、物語の登場人物に恋をするタイプでして」

「……うまくのみこめないのだが」

「紙面にのみある、創作された存在が好きなんです。つまり、二次元が好きなんです」

最近の若者は理解を超えてくる。

おじさんはかみ砕いて考える――ようするに、

「恋に恋をしている少女ということか」

「うわあ……さすが真祖さま、まるで姉が夢見る純情な乙女みたいに聞こえますよ」

「違うのかね」

「現実はもっとひどいものです。『フヘヘヘヘ、ザカリーたんまじハァハァ』とか一人でつぶやいているような存在なのです、姉は。……あ、『ザカリーたん』というのは一部のお姉様方に人気のキャラクターらしく、猫耳の美少年で伝説の武器の擬人化で、本当は猫耳が生えていないのですが二次創作などではよく猫耳を生やされる存在のようです」

「……なにかよくわからんが、まあ、話を進めたまえ。こちらでわからないところは、勝手に補完した方がよさそうだ」

「はい。では——姉は現実の人間にあまり恋愛感情というか、それ以前の好意さえ向けないような人なのですが、真祖さまへ向ける反応は、二次元に向ける反応とほぼ一緒なのです」

「……」

「なので、普段と違うといえば違うし、同じといえば同じでして、魅了されているかどうかはよくわかりません。別に真祖さまと出会ってからそれまでためこんでいた本などを捨てたわけでもなし、二次元と同様にあなたさまへ好意を向けている感じといいますか……」

最近の若者はよくわからなくて怖い。

聞いててもおじさんにはさっぱりだが、なぜだろう、身がすくむような思いだ。

「……まあ、なんだ、その。私が聞くべきことは——つまり、君の姉は、普段と変わったところはあるのかね？」

「いえ。愛《め》でる対象に真祖さまも加わった、という感じです。いたって正常だと思います」

「本当に正常なのかね？　君の話を聞くに、どうしても異常に思えるのだが……」

「まあ普段から若干《じゃっかん》異常なところがある姉ですので、異常もふくめて正常だと、家族から見て判断しています」

「……そうか」

「でもおかしいですね？　真祖さまの魅了が通じないだなんて。僕の魅了が通じないのは、僕が『魅了』という『吸血鬼的な力』を磨いていないからでしょうけど」

「それについては、聖女ちゃんがなんらかの鍵を握っているのかもしれない。まあ、なにもかもがあいまいだがね。そのうちどうにかして実験をしてみようと思っているよ」

「なるほど。聖女さまならなんでもありですね」

「……聖女ちゃんはそんな扱いなのかね？」

「はい。最近行われた『トゥーティィーニーナー祭り』では、飛び交うトゥーティィーニーナーの中を笑いながら一発も被弾《ひだん》せずに通り抜けたという伝説を作りました」

「…………なんだねその、トゥーティィー……なんとかというのは？」

「ああ、この『トゥーティィーニーナー』について、知らない人に説明する時、ちょっとした慣習というか、決まりみたいなものがあるんですよ」

「決まり？」

「『空を見上げて、地面を見下ろして、真っ直ぐに前を見て、お前さんがトゥーティィーニーナーだと思ったものが、トゥーティィーニーナーなのさ』」

「説明できていないように思えるのだが？」

「知らない人にはっきりなにであるか告げてしまうと、御利益《ごりやく》がなくなると言われているんですよ。すいません。僕は姉にもらった勇気のお陰でたいていのことは怖くないですが、トゥーティィーニーナーの怒りだけはまだ怖いんです」

「……」

「子供は『悪い子はトゥーティィーニーナーにさらわれちゃうよ』と言われて育ちますからね」

「祭りの際に飛び交うのか、そんなものが」

「はい。それはもうすごい勢いで飛び交います。死人も出たことがあるとか。でも街では普通に見かけるものなんですよ。真祖さまも一度街でごらんになってはいかがでしょう？」

「……いや。まあ、それより、君の姉に異常がなさそうならよかった」

「はい。ご心配おかけしました。姉によくしてくださって、いつもありがとうございます」

「いやなに、こちらも若さをわけてもらっているような心地だよ」

「僕らにはもう父がいないので、そのあたりも姉があなたを好む理由なのかもしれませんね」

「……君の家庭は色々重すぎないかね？」

「いえ。もう母も吹っ切れていますよ。今では元気に店を切り盛りしています」

「君の家はお店をやっているのかね？」

「宿屋です。僕も接客をやっていますよ。やっぱり吸血鬼の因子《いんし》があると屋内でできる仕事を選びがちになりますね。日差しはそこそこ体にきついので……」

「そうなのか。それは、わざわざすまないね。忙しいだろうに」

「いえ！　真祖さまのもとにうかがう用事は、なによりも優先されますから！　母も真祖さまの大ファンで、昔は真祖さまと竜王さまの戦いをモデルにした小説を書いて、大ヒットしたらしいですよ」

「そうなのかね。一度読んでみたいものだ」

「よろしければ今度、お持ちします！　あ、でも……」

「なんだね？」

「ラストで真祖さまと竜王さまが濃厚なキスをするシーンがあるので、読み手を選ぶかもしれません」

飼い主にじゃれている犬の図が思い浮かんだ。

男性の中で竜王のイメージがすっかり刷新《さっしん》されてしまっている——かつての竜王は、それはもう山のように巨大で……そんな生物とキスシーン？

「……なにかヒトの世には、私では想像もできない文化があるようだね」

「姉や母の趣味は、僕にもよくわからないことが多いです。まあ、性別が違いますからね。僕はたまに女性もののドレスを着させられたりするものの、やっぱり男なので、時々あの二人についていけないこともあります」

「君の家庭はなにやら闇が深そうだね……」

「もちろんです。吸血鬼一家ですから」

少年は屈託《くったく》なく笑った。

それだけで、今までいい話をしていたみたいな空気になるのだから、美少年の笑顔はなにものにも代えがたい価値があると言えるかもしれない。

25話　吸血鬼と眷属はだいたいこうして暮らしている

「……」


なんかものすごい見られている。

男性は猛烈な視線を感じて目を開けた。

目が合った。

片目を黒髪で隠した、メイド服姿の少女――眷属《けんぞく》が、寝ている男性の顔をのぞきこんでいた。

「……なんだね」

「………」

眷属はなにも言わずに去っていく。

本当になんなのだろう……

男性が首をかしげていると、眷属が戻ってくる。

片手にトレイと、その上にティーカップを持ってきた。

スッ、とソーサーに乗ったティーカップが男性に差し出される。

男性は首をかしげた。

「なにかね？」

「…………」

「……飲めばいいのかね？」

「…………」

そういうことらしい。

男性はソーサーごとカップを受け取り、口に含む。

「ふむ？　いつもと違うが……茶葉を変えたのかね？」

「…………」

「目覚めの紅茶を提供したかったのかね？」

「……」

「ん？　カップをよこせと？　あ、いや、まだ飲んでいるのだが」

眷属はかまわずカップを奪っていった。

そしてまた、去る。

しばしして――

また、戻ってくる。

やっぱりトレイとカップを持っていた。

「今度はなんだね？」

「………………」

「また飲むのかね？　……まあ、別にいいが…………ふむ。先ほどとはまただいぶ違った茶葉のようだね」

「……」

「先ほどからなんなのか、私はそろそろ説明がほしいのだが……」

「あじ、を」

「味？」

「れぽーと、しろ、ください」

なんかいきなり食レポを要求された。

男性は悩む。

はっきり言って困るのだが——

この、必要なこともなかなかしゃべらないような眷属が、自分から発声してまで依頼してきたのだ。

そこには並々ならぬ意思というか、覚悟というか——食レポへの興味があるのだろう。

男性は悩む。

そして——

「最初のお茶をもう一度」

「……」

眷属がスカートの下からお茶を取り出す。

どうやらそこにしまっていたらしい——なんだろう、色々言いたいことはあったが、においをかいでもお茶に間違いないし、男性はお茶と一緒に言いたいことをのみこんだ。

そして——

「こちらのお茶は、少々渋みが強いが、さわやかな味わいだね。草の香りというのか、植物らしさが嫌みなく体に染《し》み渡ってくる。朝に飲むと目が覚めるような、体が健康になりそうな、そういうお茶に思える」

「……」

「そして、えー……二杯目は、デザートのような甘酸っぱさがあるね。しかしくどくない——ほんのわずかなお茶特有の渋さが、果物のような甘味と酸味を上手に打ち消して、後味をよくしている。アフタヌーンにいただきたくなるお茶だね」

「…………」

「……えー、こんなところでよかったのかな？」

眷属はうなずいた。

その日、午後のお茶には、スコーンと一緒に『二杯目のお茶』が出た。

吸血鬼は誰も来ない日、だいたいこんな日常を過ごしている。

26話　聖女はおじさんと遊びに来た

「おじさん、今日はゲームをしましょう！」

聖女は、部屋におとずれるなり、そんなことを言う。

男性はベッドのふちにズリズリ移動して腰かけ、指を鳴らす。

すると、部屋を暗闇で満たす遮光《しゃこう》カーテンが開いた。

メイド服を身にまとった、黒髪で片目を隠した少女――眷属の手によって開かれたのだ。

本来であれば、男性はカーテンが閉まっていてもなんともない。

なにせ吸血鬼である。むしろ光なんか毒なぐらいだ。

が、聖女が来た時に部屋を明るくするのは、もはや習慣のようになっていた。

いつだったか――聖女が『おじさん、お部屋が暗いから気持ちまで暗くなるんですよ！』とカーテンを開け放ったのが始まりだったように思う。

それから聖女がカーテンを開けるようになり、次第に『聖女が来る』＝『カーテンを開ける』という習慣になっていった。

朝日を浴びるたびに叫んでいた時期が懐《なつ》かしい。

あのころは、体を張って吸血鬼アピールをがんばっていたなと男性は目を細める。

「やあ、おはよう聖女ちゃん。ついに私を社会に出すことをあきらめたのかね？」

「いえ。新しい作戦です。これからゲームをして、その結果おじさんは部屋を出たくなります！」

「つまり、私が負けた場合、部屋を出ろということかね？」

「違いますよ。おのずから出たくなるんです」

「……なんだかわからないが……まあ、付き合おう」

男性は立ち上がり、来客用ソファに腰かけた。

聖女も男性の正面に座る。

そこに眷属が二人分の紅茶を持ってくる。あと子犬も人なつっこくパタパタ尻尾を振りながら、聖女のまわりを跳ねるようにくるくるしていた。

「まあ、わんちゃんもお元気そうでなによりです。おじさんのところは居心地いいですか？」

「キャンキャン！」

「まあまあ。嬉しそう」

子犬と聖女が仲よく戯《じゃ》れている。

その光景を見て、男性は思わず泣きそうだった。

尊いからではない。世間で子犬扱いをされているあの赤い生き物は、本来であればヒトにとって災害にも等しい超生物、ドラゴンなのだった。

男性はかつて、あのドラゴンと本気で殺し合ったこともある。

すべてはお伽噺《とぎばなし》のかなた――はるか昔の物語だ。

「おじさん、目頭《めがしら》をおさえてどうしたんですか？」

「いや……時の流れが目にしみてね。それで、なんだい、ゲームとは」

「『命題ゲーム』っていうものです。なんにもなくてもできるんですよ」

「ほう？」

「まず、わたしが問題を出します。おじさんはそれに、わたしが『はい』『いいえ』『関係ない』で答えられる質問をしていき、答えをだんだんあきらかにしていくんです」

「ふむ……言われただけではあまりピンと来ないか……」

「実際にやってみましょう。では――『男は朝になると死んでしまった。なぜ？』」

「……それだけではなにも答えられんが」

「そこで、おじさんは『はい』『いいえ』『関係ない』で答えられる質問をわたしにして、だんだんと問題の求める答えを浮き彫りにしていくんです」

「なるほど」

「コミュニケーションが重要なゲームですよ！」

「つまり、私には向いていないということだね？」

「違いますよ！　知らない人とも気軽にお話しできるんです、そう、このゲームならね！」

「ふむ。まあ、君の企《たくら》みに今はのってやろう」

「ありがとうございます！」

「では、質問か……しかし質問と言われても。『答えは？』などという質問はだめなのだろう？」

「『はい』『いいえ』『関係ない』で答えられる質問に限りますね。あ、わかったら答えを言っちゃって大丈夫ですよ！」

「ふむ」

「たとえば、『男』の死因から掘り下げていくとかどうですか？」

何気なく質問の方向性が示された。

こういう一言がいかにもコミュニケーション能力高そうな感じで、おじさんはちょっとだけ聖女に苦手意識が湧いた。

「では――『男は病気だった』のかな？」

「『いいえ』」

「ふむ。『男の死因は他殺』かね？」

「『いいえ』」

「『男の死はあらかじめ予定されていたものだった？』」

「うーん。それは答えるのが難しいですね。予定されていたといえばそうですし、されていなかったといえばそんな感じです」

「……『はい』『いいえ』『関係ない』で答えられていないではないか」

「まあ人と人の会話遊びですからね。必ずしも断じられることばっかりじゃないですよ」

「それではゲームにならんだろう？」

「なので、出題者によって個性が出るんですよ！　友達の一人は断固として『はい』『いいえ』以外の答えを返さない方針でやりますし、わたしは、どっちかあいまいだったらこんな感じで答えられない理由を答えます！」

「なるほど」

「誰とやるかによっても雰囲気とか変わるんですよ、このゲーム！　興味出てきました？」

「まあ……それで、先ほどの質問についてだが……」

「客観的には当たり前の死で、主観的には意表を突かれた感じでしょうか？」

「……ああ、なるほどね。『その男はヒトか？』」

「『いいえ』」

「では男が吸血鬼で、朝日を浴びて死んだのではないか」

「そうです！　でもなんで朝日を浴びて死ぬ羽目になったのかがまだ解き明かされてませんよ！」

「ふむ。たしかにそうだ。では――『男は寝込みを襲われた』かね？」

「『はい』」

「では、寝ている隙《すき》に棺桶《かんおけ》ごと外に引きずり出されて、蓋《ふた》を開けられ、そのまま朝日で灰になって死んだのだろう」

「正解です！」

「吸血鬼の死因第一位と言っても過言ではないからね……まあ、数百年前の話ではあるが」

まさかそんな間抜けな理由で絶滅したわけではあるまい。

男性一人残して絶滅する過程には、もっとヒト側の進歩とか、戦いとか、そういうのがあったはずだ――というかあったと信じたい。

襲われている最中にスヤスヤ寝てて、気付いたら朝日でドッキリ死させられて絶滅とか、種族としてあんまりだ。

「どうですかおじさん、なかなかおもしろかったでしょう？」

「そうだねえ。頭の普段使わない部分を使った感じはするよ」

「なんとですね、この『命題ゲーム』、来週、大規模な集会があるんですよ！」

「……そうなのかね？」

「はい！　そこには色んな人がオリジナルな命題を持って集《つど》います！　初心者歓迎！　ぜひおじさんも参加なさってみませんか!?」

なるほどそれが本日の本題だったのか。

たしかに効果的だと男性は思う――『外に出て働け』と言われるよりも、『遊びに行こう』と言われる方が、心が動く。けれど……

「いや、やめておこう」

「なんでですか!?」

「ふむ。では、こういうのはどうだね？　『吸血鬼は今日も外に出ない。理由は？』」

男性は笑う。

卑怯《ひきょう》な出題だ。

なにせこの命題に答えはあるようで、ないのだから。

27話　眷属はもっとおっきくなりたい

「けんぞくー！　けんぞくー！　お茶ー！」

耳には幼い少女の甲高《かんだか》い声がとどいた。

なにごとだろうか。

眷属は思わず跳ね起きる——そうだ、どうやら寝ていたらしい。

パチリと目を開ける。

すると、視界に映ったのは、細く白いふくらはぎだ。

寝ているということは逆さまということなので、見えるとしたらふくらはぎだ。それは問題ないのだが——誰の足かわからない。

自分の足に似ているが、自分の足ではないのだろう。

眷属は顎を引き、視線を上へ向けた。

すると、そこにいたのは、黒いドレスを身にまとい、ぬいぐるみを片腕に抱いた、真っ白な髪の幼い女の子で——

——誰？

「けんぞく、お茶！」

「………………？」

「なにその『お前誰？』みたいな顔⁉　私だよ！　お前の主《あるじ》だよ⁉」

「……⁉」

眷属はさすがにおどろく。

だって、主はもっとこう…………どうだっただろうか。

どうにも、記憶にもやがかかったようで、なにも思い出せない。

そう言われればこのちんまいのが主だったような気もする。

眷属はシュタッと地面に降りる。

どうやら、今まで自分は、主のベッドの天蓋《てんがい》に足を引っかけて寝ていたらしい。

降り立った眷属の腰あたりに、主がべったりと抱きついた。

「けんぞくー、お茶ー。あとお菓子ー」

「………………」

こちらを見上げてくる赤い瞳。

間違いなく主だ。いや、どうだっけ。間違っているような、いないような。

……あと、なにか視界が高い気がする。

眷属は周囲を見回し――部屋の入り口そばに、大きな姿見を発見した。

……こんなところに、姿見なんかあっただろうか？

ヒキコモリの主は身支度を整えたりしないはずなのに……

違和感はあったが便利なので許容する。

その姿見に映る自分の姿は――

細身の、黒髪で片目を隠した、背の高い、執事のような服装の、青年で――

「……!?」

性別がなにかこう……

いや、まあ。でもなんかもともとこんな姿だった気がする。

「どしたの、眷属？」

主が抱きついたまま見上げてくる。

眷属は目を閉じ、首を横に振った。

やっぱり違和感があるような、ないような。

まあしかし――なぜだろう、こうして主にベッタリされるのは、いつものことなのだが、いつものことのような気がするのだが、無性に心地がいい。

特に主を物理的に見下ろしているあたりが言いようもないほど最高だ。

「……」

「なんでもないのか！　じゃあ、お茶とお菓子、ちょうだい？」

かわいく小首をかしげるお嬢様に、眷属はうなずいた。

そうだ、これこそがあるべき姿なのだ――お嬢様を庇護《ひご》する執事。わがままを言われ、振り回されたりもするけれど、そのすべてを解決する万能なる眷属。

脈絡《みゃくらく》もなく部屋の窓を突き破って敵とか現れて、それをバッタバッタとなぎ倒して「けんぞくすごーい！」とか賞賛される日常。

基本的に平和だけどたまに戦いとかあると強敵に向かっていきなんやかんやで倒したり倒されなかったりする毎日。

とりあえず敵はだいたい全部ドラゴンで、あとたまに聖女。

部屋だったり外だったり山頂だったりする場所でドラゴンとかドラゴンとかあとドラゴンとかを斬《き》り伏せていく。お嬢様はいつも横にいて眷属が活躍するたびにすごいすごいと褒《ほ》めてくれる。

とにかくドラゴンは見ているだけでストレスなので見つけ次第斬り伏せる。「ウボァー」とかいう叫びをのこして跡形もなく消えていくドラゴン。現れるドラゴン。どんだけ自分はドラゴンが嫌いなんだろう。

きりがないので全部倒したことになった。

眷属は誰もいない荒野で主の肩を抱いて空にのぼる月をながめる。

空《あ》いている手にはドラゴンスレイヤー。結果としてドラゴンをスレイしまくったからそう呼んでいるだけで実際は主《おも》に寝床として用意してもらった身の丈《たけ》の倍ある名前のない剣。

いやでも今の身長だと身の丈の倍は言い過ぎなので身長の二十割というかまあ十五割ぐらいにはなっているかもしれない。

「けんぞく、ようやく世界は平和になったね」

お嬢様がうっとりと頭をあずけてくる。

ええ、そうですねお嬢様。わたくしはあなたが世界平和を望むのであればそれを叶《かな》えましょう——実はわたくし、昔あなたに拾われた、ケガをしたコウモリだったんですよ。知ってましたか、そうですか。まあそうですよね。ケガを治す時に血をもらって眷属入りしましたからね。当然ですね。はい。でもなんかこう恩返し的なアレはできましたよねこれで。

「眷属」

なんかお嬢様急に声が渋くなってません？

「眷属、大丈夫かね？」

なんですかそのおじさんみたいなしゃべり方？　ああでも待って、待ってくださいまし。なんかその声すごく耳になじむ。そのしゃべり方ものすごい体になじむ。

「すまないが超音波は聞き取れないのだよ。大丈夫なら、私の可聴域の音声で『大丈夫』と言ってくれないかね？」

——目を開ける。

眷属が周囲を見回せば、見慣れた暗い部屋があった。

間違っても月ののぼった荒野などではない。

背中に感じるのはベッドの感触だ。どうやら寝かされていたらしい。

顔をのぞきこんでくるのは、真っ白い髪に、赤い瞳の——おじさんだった。

眷属はさすがにおどろく。

「……⁉」

「……いや、『お前誰？』みたいな顔をしないでくれないかね？　私は、お前の主だよ」

――そうだった。

眷属は認識する。今までのは、夢だったのだ。

「掃除中にいきなり壁にぶつかって倒れるから、なにかと思ったよ。体調が悪いのかね？」

「…………」

ちょっと喉《のど》が痛いかもしれない。

喉が痛いと物との距離感がはかりにくいので、そのせいでぶつかったのだろう。

「……」

「とにかく今日は休みなさい。……ああ、そうか――お前は逆さまになった方が眠りやすいのだったね。どれ、ハンガーのある部屋まで運んであげよう」

主に抱きあげられる。

眷属は己《おのれ》の体を見下ろす。メイド服を着た小さな体。あんまり頼れる眷属という感じではない。

「……ハァ」

「どうしたね、ため息などついて」

眷属は首を横に振る。

見上げれば主の顔。

これを見下ろせるほどの肉体を——主より強そうでおっきな体を手に入れるのは、あと何百年必要かわかったものじゃない。

28話　眷属はあのぐらいのサイズでいい

「おじさん、お腹空《なかす》きませんか？」

しばらく会話をしたあとだった。

男性は唐突な話題転換に戸惑《とまど》い、正面のソファに座る聖女をまじまじと見た。

「いきなり、なんだね？」

その問いかけには多少ならざるおどろきがあっただろう。

なにせ――男性は吸血鬼だ。

主食は血液だ。

もちろん、毎日ティータイムは欠かしていないし、最近呑むことも減ったが酒は好きだし、タバコだって吸う。

けれど彼の空腹を満たすのは、血液だけなのである。

そして目の前には聖女。

桃色髪の若い健康そうな少女だ。服装に露出はあまりないが、首筋は空《あ》いていて、白い肌がのぞいている。

そして吸血鬼のヒトに対する吸血は性行為に近い。

だから男性はおどろいたのだが――

「実は、おじさんが空腹だったら、おじさんを社会復帰させるための作戦があるんですよ」

聖女は笑顔で言う。

そういうことか、と男性はホッとした。

まあ、現代はこんなものだ。

かつて隆盛《りゅうせい》をほこった吸血鬼も、今の若い子にとっては『お伽噺の中の登場キャラクター』にしかすぎない。

悲しいことだが、それが時間の流れというものだろう。

男性はソファに深く座り直して――

「今日はただのおしゃべりかと油断していたが、今日もまた無駄なことをするのかね？」

「無駄じゃありません！　おじさん、社会をあきらめないでください！」

「いや、むしろ私は社会の方にあきらめてもらいたいのだが……しかし、『空腹なら社会復帰させるための手段がある』？　どういうことかね？」

「実は本日、こんなものを用意してきたんですよ」

と、聖女が背中から――背後に収納スペースは特にないので、きっと来てからずっとソファの背もたれと背中のあいだに仕込んでいたのだろう――数枚の紙を取り出す。

男性の中に求人広告などの嫌なイメージがよぎったが、どうやら本日はそういうのではないらしい。

カラー印刷された安っぽい光沢《こうたく》の紙には、たくさんの食べ物の絵が載《の》っていた。

「デリバリーです！」

「……でりばりぃ？」

「はい！　今はケイタイ伝話《でんわ》から、好きな時間、好きな場所に食べ物をとどけてもらえるんですよ？」

「ケイタイ伝話？」

「はい！　えーっとたしか、正式名称は『ケイ氏式タイター魔導技術使用伝達通話端末』、略して『ケイタイ伝話』と言います」

「タイターねえ……ひょっとしてジョン・タイターかな？」

「はい、そうだったと思います！　おじさん、物知りですね？」

「……本当に彼なのか」

男性がまだヒキコモリでなかったころ、そんな人物と一時期ともに過ごした。

当時まだ筋肉信仰が根強かったヒトの中で、いち早く『魔法』という技術とその可能性に着目した人物である。

というか未来人とか言っていた気がする。

面白いのでしばらく一緒にいた。まあ、しばらくといっても、ほんの五、六年ぐらいだったような気はするが。

「変人か偉人として名前を遺《のこ》しそうな男だったけれど、本当に名を遺すとは。いやはや」

「おじさんの中ではジョン・タイターと知り合いということになってるんですか？」

「まあ」

「……はい！　なるほど！」

なにかひっかかるが、まあしょうがない。

普通のヒトに――吸血鬼をお伽噺だと思うようなヒトに『五百年前の人物と知り合いだ』と言ったところでこの程度の反応だろう。

「とにかくですね！　おじさんを社会に慣らすために、まずはデリバリーを頼んで引きこもったまま外界の人と接してもらい、だんだん『あ、人って温かいな』『社会に出て働く姿って美しいな』と思っていただけたらと考えています！」

「君の要求はいつでもハードルが高いね」

「そうですか？　でも働いてる人を見かけたら『お疲れ様です』とか言いたくなることありますよね？　それは働く姿が美しいからで……」

「君は相変わらず光の者だね……」

思考がいちいちまばゆい。

意見だけで吸血鬼を溶かしそうな者など他にはいないだろう。

「それでおじさん、なにか食べたいものありますか？　今日はわたしのおごりですよ！」

「ほう。……まあ、お金はかかるか。昔で言うところの貴族の家に出入りしていた『御用聞き』

がより一般市民に浸透したかたちなのだろうね」

「そうかもしれません！　それで……」

「まずはメニューを見せてもらおうか」

「あ、そうですよね。すいません、みんなと集まってデリバリー頼む時は、だいたい『てきとうにピザ』とか言われるもので」

「……」

どうやらデリバリーも光属性の行いらしい。

たしかに貴族の家の御用聞きなどはハキハキした明るい者ばかりだった――愛想がよくなければ使われないのはいつの時代も同じなのだろう。

「ふむ、しかしたくさんあるね。迷ってしまうよ」

「もしお困りのようでしたら、おすすめを勝手にチョイスしますよ！　三人もいれば食べきれると思いま――あれ、眷属ちゃんは？」

「ああ、眷属は体調を崩していてね。本人は働きたそうなのだが、休めと命じたよ」

「働きたいなんて眷属ちゃんは偉いですね！」

他意はないのだろうが――

眷属ちゃん『は』というあたりにひっかかりを覚えずにはいられない六百歳無職だった。

「……では、注文は君に任《まか》せよう。少し喉が痛いらしい眷属にもあげられるものはなにかあるかね？」

「おじさん、この家に『ケイタイ伝話』は――ないですよね」

「まあ、ないね」

「そうですよね……あわよくばデリバリーアプリを登録しようと思ってたんですけど」

「なんだねデリバリーアプリとは」

「デリバリーはデリバリーです。アプリっていうのは『アプリコット社』の略で、そこがケイタイ伝話に登録できる便利な機能を開発した草分けの会社なので、ケイタイ伝話に登録できる便利機能はだいたいアプリって呼ばれてます！」

「……そうか」

男性はそれだけ言った。

いっぺんに新しい情報が来ると整理しきれないお年頃なのだ。

聖女は男性が見ている前で手のひら大の石版を背中側から取り出した。

どうやらそれが『ケイタイ伝話』らしい。いくらかの操作をすると、宙に石版とだいたい同じサイズの立体映像が浮かび上がる。

「注文完了です！」

「……『通話』は？　『ケイ氏式うんたらかんたら通話端末』ではないのかね？」

「アプリですから！」

「……そうか」

聖女との会話は男性に時代の流れを感じさせた。

ほどなくしてゴンゴンという音が響く。

城のドアノッカーが使われた音だ。

「ここまで来るの大変でしょうから、取りに行ってきますね！　おじさんも行きましょう！」

「……いや、まあ……それほど大変な量なのかね？」

「いえ！　うーん、配達員さんと接していただきたかったんですけど……まあ、いきなりはハードル高いですよね。わかりました！　でもお食事をとりながらみなさんの仕事を感じてください ね！」

聖女がサッと立ち上がり、部屋を出て行く。

男性はソファに座って待つと、ほどなく聖女は戻ってきた。

平べったい、大きめの箱を持っている。

大きな箱の上には、いくつかの小箱も存在した。

「デリバリーの定番、ピザです！」

「ふむ。ピザか。懐かしい。以前に外でそんなようなものを口にしたよ」

「まあご家庭で作るものでもありませんからね。あ、眷属ちゃんにはクリームパイを頼んであるので、よければ！」

「ありがたい。あいつは甘い物が好きでね。主食は果物だけれど、クリームも好んだはずだ」

「よかった！　でも主食が果物って、成長期であろう眷属ちゃんにはちょっと栄養足りない気がして心配です。おじさんもよければ、デリバリーでもいいのでカロリーのあるもの食べさせてあげてくださいね？」

「気が向けば虫など食べるのではないか？」

「ええ……いや、えっと、虫料理自体をどうこうっていうわけではないんですけど……眷属ちゃんはそれ、喜んでます？」

「どうだろうね。無口だからな、あいつは」

「次に来る時になにか成長によさそうなもの持ってきますね！」

「成長によさそうなものか……」

眷属はもともとなんの変哲もないコウモリだった。

出会った当時と比べると、すでに質量にして十倍以上にはなっているのではなかろうか……あれ以上成長されると、ちょっともうゆくゆくどのぐらいのサイズになるか、その成長率には恐怖さえ覚える。

「まあ、あいつはあのぐらいでちょうどいいのではなかろうか」

聖女からは「えー」という声があがった。

でも、男性は思う——眷属はあのぐらいのサイズでいい。

29話　吸血鬼には相談相手があんまりいない

「貧乏でないことを証明しなければならない」

男性はソファに深く腰掛け、真剣な顔で述べた。

話している相手は――子犬《ドラゴン》だ。

なにせ真っ暗な部屋には現在、男性とドラゴンしか存在しない。

聖女は先ほど帰ったし、眷属は部屋で寝ているだろう。

そういえばこの部屋に若者がいないのは久方ぶりだ――男性はそう思いながら、自分より年上であろう宿敵の姿を見た。

そいつはテーブルの上で腹を見せて寝転がり、身をよじっていた。

そしてこの世の果てから響くような低い声で言うのだ。

「どうだ、我の新しいポーズは。かわいいであろう?」

「……腹を見せて寝転がっているだけではないか」

「ふん、愚かな。これだから感性の死んだロートルは困る。この前足と後ろ足を微妙に曲げた、この、この、これな、この角度がなによりのポイントなのだ。わかるかこの……」

「それよりも私の話を聞いてはくれないかね？」

「財力をアピールしたいのであろう？　勝手にするといい」

「なぜ君はいつも私の相談をイヤな感じに言い換えるのかね？」

「若い女に金持ちぶりたいのであろう？　若い女はいつの世も黄金が好きであるからな」

「そうではない。どうにも聖女ちゃんがしきりに眷属の生活を心配するものでね。いらぬ心配はないと伝えたいのだ」

「ふむ。想定よりまじめな相談であったのだな。しばし待て」

ドラゴンがコロリと横に転がった。

そしてテーブルから床に落ちた。

「おい、君、大丈夫かね⁉」

「問題ない。この動作は転がって落ちるところまでが一つの『型』なのだ。『ちょっと高い場所で寝っ転がっちゃって起きられなくなっちゃったから転がって起きようとしたらうっかり落ちちゃう型』という」

「……まあなんでもいいが、もう少し短くまとめた方がいいのではないかね？」

「ふむ。では『コロンポテの型』としよう。コロンと転がってポテッと落ちるゆえな。『コロンポテッ』の方がいいかもしれんな……貴様はどう思う？」

「その相談は私の相談より重要そうかね？」

「もちろんである。が、我は寛容だ。貴様の相談を優先してやろう」

「そうか。お礼を言うのも癪《しゃく》な気分だが、ありがとう」

「かまわん。それでなんだ、切り出し方が急で要領を得ぬ。つまりなんだ」

「どうにも聖女ちゃんがな、眷属のことをやけに心配しているのだ。生活が苦しいのではないかと。そんなことはないというアピールをしたいのだが、どうするのが効果的かね？」

「なるほど。しかし――蔵を見せるわけにはいかんのか？」

蔵。

もちろん財宝が納められた宝物庫のことだ。

たまに眷属を買い物に行かせる時には、そこからいくらかの宝を持ち出させている。

そこに連れて行き、宝を見せればたしかに納得はしてもらえるのだろう。

だが――

「それこそ君の言うような『金持ちぶった』行動ではないかね？」

「と、言うと？」

「たしかに我が蔵には数多《あまた》の財宝がある。金銀のみならず、今となっては歴史的価値のあるものさえ存在するだろう。しかし、だからこそ、見せびらかすみたいになって恥ずかしいではないか。ようするにこれは――美学の問題なのだよ」

「貴様めんどくさ」

「君は美学を大事にしないからそう思うのだ」

「まあ、美学などあっても生きるのに邪魔であるからな」

「君がそういう性格のせいで私の知るドラゴンは死んでしまったが……」

「なにを言う。我はここにこうして生きているではないか。ドラゴンは滅びぬさ。我が死なぬ限りはな」

「うむ、まあその、君がそれでいいなら、私がとやかく言うことではないな。……しかし私は君ほど割り切れないのだ。やはり『らしさ』は大事で、その『らしさ』こそが美学だと私は思っている」

「まあたしかに、財宝のある蔵に若い女を入れて『どうだ、金持ちだろう！』とふんぞり返るのは吸血鬼らしくないか」

「ああ、らしくないね！」

「今の貴様がそもそも吸血鬼らしいかどうかはさておいて……」

「そのあたりは、まあ、お互いにもの申し始めたらキリがないものな」

「うむ。金持ちぶらずに、まわりくどく、聖女を納得させる方法――ようするにだ、聖女は眷属の身が心配なのであろう？　ならば眷属を厚遇している様子を聖女に見せればいいのではないか？」

「なるほど。具体的には？」

「食事面での心配ならば、眷属になにか食べさせているところを見せればよかろう」

「ふむ。虫などかね？」

「今時のヒトは虫など食わんぞ」

「眷属だぞ？」

「貴様、ことあるごとに『眷属だぞ？』で我を黙らせにかかるのをやめんか。その一言ですべて説明できると思ったら大間違いだ」

「いや、しかし……ふむ、その、なんだ……眷属は眷属だからね……」

「まあ今回は我にもわかる。コウモリだからであろう？」

「そうだ」

「しかし聖女はそう認識しておらん。聖女は眷属をヒトと思っておる」

「……そうだな」

「で、あれば無理にでもヒトにするような厚遇をすべきであろう。こうなったら食事しているところを見せるだけでなく、永劫《えいごう》に眷属を気にされないよう徹底的にすべきかもしれん」

「なるほど。たしかに言う通りだ」

「これで問題は解決であろう。我が叡智《えいち》を褒《ほ》め称《たた》えよ」

「素晴らしい。さすがは『思案《しあん》せし雲海』と呼ばれた者だ」

「そうであろうそうであろう」

「ついでにもう一つうかがいたい」

「なんでも聞くがいい」

「どのようなものが『ヒトへの厚遇』となるのだね？　ヒトが見た時に、ヒトが『厚遇だ』と納得するような厚遇というか……吸血鬼からヒトへのもてなしではなく、ヒトがヒトにするようなもてなしというものは」

「足元にまとわりついて『ハッハッハッハッ』と息を荒らげながら相手の顔を見上げつつ小首をかしげればよかろう」

「それを私がやるのか……」

男性は、眷属の足元にまとわりついて『ハッハッハッハッ』と息を荒らげながら相手の顔を見上げつつ小首をかしげる自分を想像してみた。

そのまま討伐《とうばつ》されそうな化け物がそこにはいた。

「もっと私に向いた『厚遇』はないかね?」

「わがままなヤツめ」

「そうか、これは君の中で『わがまま』と定義されるのか……」

「よかろう。『コロンポテの型』を貴様に伝授してやろう」

「いや、そういうのではない。私にそういうのは向かないのだ」

「しかしだな宿敵よ、『型』というものは才覚に関係なく誰でも習得できるよう平易にされた技術だ。見た目おっさんの貴様でも、我の考案した『型』さえ覚えれば――」

「結構だ」

「――子犬のようにかわいくなることが可能であろう」

「結構だと言ったのに途切れなく言葉を言い切るのはやめたまえ。結構だ」

「ではまず最初に習得するのは手足の角度であるな」

「結構だと言っているだろう⁉」

「ふむ……押し切ることあたわぬか」

「どのような奇跡が起きれば私が『コロンポテの型』を『ちょっとやってみるか』となると思ったのかね？」

「別にちょっとやってみるぐらい、いいではないか」

「やめてくれ。私の美学が許さない」

「では我はもう知らん」

「使えない爬虫類《はちゆうるい》め……」

「その侮辱《ぶじよく》は取り消してもらおうか。今の我は哺乳類《ほにゆうるい》だ。『爬虫類はちょっとねー』という街の声を聞いたゆえな。そして今でこそ我はこんな体をしておるが、かつては見目麗《みめうるわ》しい少女で呪いにかけられておるのだ。好感度が上がればキスでもとの姿に戻る。そういうのが流行らしいでな」

なぜか、悲しい。

男性は宿敵の言葉を聞いて、涙をこらえるのが大変だった。

「ああ、残酷だね、時の流れは」

「貴様はただの設定だと思っているのかもしれんが、我は時代に適応することにかけてはドラゴン全一であるぞ。いつかキスで呪いが解けて我が本当に美少女になった時、ここで好感度を稼《かせ》いでおかなかったことを悔やむがいい。そしてこう叫ぶのだ。『竜娘の時代が来た』と」

「君がどうしてそこまで追い詰められてしまったのか、私はすでに悔やんでいるよ」

「ともあれ――貴様は眷属に優しくしてやれ。正確には、聖女の前でわざとらしく眷属を厚遇してやれ。もはや『厚遇』の中身は貴様に任せるより他にない。我の提示した方法は気に食わんようだからな」

「ああ、そうだな。君に聞くよりは、自分で考えた方がよさそうだ」

「まあせいぜいがんばれ。我はさらにかわいさを磨くため、街へ行く」

「どれほど君がかわいさを磨こうとも、キスで呪いが解ける美少女にはなれないと思うが」

「いや、我はすでに美少女だ」

「どこがだね」

「心がに決まっておろう。――ではな」

ドラゴンがピッコピッコという足音を立てながら去っていく。

その背中には働く男の哀愁《あいしゅう》が漂っていた。

30話　吸血鬼はたまにめんどくさい

「眷属よ、そこに座りなさい」

部屋に入ったらそんなことを言われた。

意味はわからなかったが、主の言葉なので眷属は従う。

まだ朝早い時間帯だ。

聖女もまだ来ていない。

最近の主は聖女を待ち構えるために早起きするので、起こしに来たのだが――

今朝は起きていた。

そしてなぜか正装していた。

眷属は妙に落ち着かない様子でキョロキョロしながら示された席に着く。

そこは来客用のテーブルであり、普段座らないソファだった。

「……？」

「いやなに、色々考えた結果、今日は私が眷属をやろうと思ってね」

「…………………？」

「気にすることはない。たんなる遊びのようなものだよ。だから、お前は今日、なにも気にせずに、主のように振る舞い、私を眷属のように扱いたまえ」

「……」

どうやらめんどうくさい遊びが始まっているようだった。

眷属はイヤな顔をする。

男性はなぜか口の端《は》をちょっとだけ上げて笑った。

「さあ、なにか命じたまえ」

「………」

困るー。

いきなり言われても命令なんか出てくるわけがなかった。

第一、主の方も普段から命令をしているわけではない。

掃除とか料理とかは眷属が勝手にやっている部分が大きいのである――よくよく考えれば、たまの買い出しぐらいしか命令は受けていない。

「なにかないのかね？　お腹が空いたりなどは？」

「……」

「そうか。まあ、お前もそこまで食事が必要な体ではないものな。……よし、お茶をいれようか。困った時はティータイムに限るものな」

「………」

「ところで——普段、お前はどうやってお茶をいれているのかな？」

「…………………」

眷属は直感した。

これは——逆に仕事が増えるヤツだ。

「……あるじ」

「おお、なにかな、命令かね？」

「ねてて」

「…………いやしかしだね、聖女ちゃんに言われたからというのもあるが、私も考えたのだよ。たしかにお前には色々と苦労をかけているなと。お前以外の眷属を解雇し、お前だけを残したのは、偶然にしか過ぎないが——ひょっとしたら野生に帰してやった方が幸せだったのかなとか取り返しのつかないことを次々考えてしまってね」

「……」

「そこ、めんどうそうな顔をしない。そういうわけで、今日はお前に優しくしたい気分なのだよ。ほら、なんというのかな、座りすぎた次の日は腰を労《いたわ》るみたいな感じだ」

どうしよう、このおじさん、引き下がる気配がない……

心底困る。

「さ、なにか願いなさい」

「…………ねて、ほしい、です」

「それ以外で」

「…………」

「お前は無口だな」

「……………じゃあ、だまってて、です」

「ふむ」

沈黙。

しかし長続きしない。

「なんだかソワソワしてしまって落ち着かないのだが、お前は普段、私が黙っている時どうしているのかね？」

「…………」

「ふーむ……まさかこの年齢になって眷属との距離感に戸惑うようになるとは。そういえば、私はお前を『個人』と思って接したことが一度もなかったものな……まあ、吸血鬼にとって眷属は手足の延長だし、当たり前と言えばそうなのだが……」

「……」

「時代の流れ、というものかね。聖女ちゃんやドラゴンが、お前と私を別々の個人として扱うもので、私もなんだか、お前の扱い方を迷ってしまうよ」

「……いままでので、いい、です」

「私もそう思うのだが――世間体《せけんてい》があるのだ」

世間体を気にする吸血鬼がいるらしい。

だったら、まずはヒキコモリをなおすところから始めるべきではないだろうか……

「よし、そうだな。お前を眷属と思うからいけないのだろう」

「………………」

「そこ、『なにかまた変なこと思いついたよ』みたいな顔をしない。変なことではないし、思いついたのは私ではない」

「……？」

「眷属よ、私を『おじいちゃん』と呼んでみなさい」

「……」

いいのかそれは。

主が悩むあまり越えてはいけない一線を越えようとしている感じだった。

通常なら絶句する場面だ。

普段から絶句している眷属は逆に言葉が出てくる。

「あるじ、それは、いけない」

「しかしだね、私は『祖父と孫』という関係をよく知らないが――『主と眷属』という関係よりは、なんというか、大事にできそうな気がするのだが」

「ねたほうがいい。つかれている」

「大丈夫だ。私の心配はいい。今日は、そういう日ではない。お前が私を気遣《きづか》う日ではなく、私がお前を気遣う日なのだ」

「……」

「さあ、『おじいちゃん』と言いなさい。そして甘えてみなさい。孫のように」

孫のようにと言われてもイメージはさっぱり浮かばない。

眷属はため息をつく。

こうなった主はなかなかゆずらない。

吸血鬼はたまにすごくめんどくさいのだった。

31話　ドラゴンは最近調子がいい

「……眷属《けんぞく》に説教されてしまった」

男性はソファに座ってうなだれていた。

夜だ。

今日、聖女は来なかった――別に毎日会う約束はしていないのでそれはいい。というかむしろ今日来ないでくれて助かったほどだ。

部屋にヒトガタの生き物はその男性だけだった。

だから、第三者がもしこの部屋の状況を見れば、中年から初老のおっさんが、その日に仕事でミスをして上司に怒られたことを一人暗い部屋で嘆《なげ》いているかのように見えるだろう。

だが、それは違う。

男性はおっさんだが、中年とか初老とかそんな生やさしい年齢ではない。

六百年を生きた吸血鬼である。

そして働いていないので上司はいない。

加えて言うならば、一人でもなかった。

来客用ローテーブルの上には、子犬が寝転がっている。

その、亀を捕まえて蛇を突き刺し、翼と角と尻尾をデコレーションして赤く塗ったような毛のない犬の品種名は、ドラゴンという。

「あの眷属が説教などするのか……あやつ、全然しゃべらんだろうに」

「ああ、するのだ。百年に一度は怒られている気がする」

「それはなかなかの周期であるな……我もちょっと見たかったぞ」

「そういえば最近、君は日中、家にいないね？」

「街を巡回しているのだ。あそこはすでに我が支配地域ゆえにな」

「……なんだと、いつの間にそんなことを……」

「クックックック……我を誰と心得るか。『暗雲よりいずる者』と呼ばれた竜王であるぞ。すでに街の犬猫の八割は我が配下よ……」

「ああ、そういう……」

「ヒトからの貢《みつ》ぎ物も数限りない。料理店の裏口で『ピョンピョンドタッの型』を行っていると料理人が残飯を持ってくるのだ……クックックック。間抜けな人類め！　すでに貴様らは我の支配を受けているとも知らず、呑気《のんき》なものよ……」

「どうやら世間は平和なようだね」

「うむ。我は暴君と呼ばれたこともあるが——今回は力による支配ではないのでな。ヒトどもは気付かぬうちに、ゆっくりと、穏やかに、なにも生活が変わらぬまま、我のために働いているという寸法よ」

「そうか。君は毎日を楽しく生きているのだね」

「……なにか会話が噛み合っておらんような気もするが……楽しくはある」

「そうか。いや、素直にうらやましいよ。私はもうなんか悩みがね……」

男性は顔を両手で覆《おお》う。

ため息をついて――

「私はだんだん吸血鬼らしくなくなってきているのだろうか」

「眷属に言われたのか？」

「ああ。眷属に『おじいちゃんと呼んでみなさい』と言ったら、違う、そうじゃない、と。そんなのは吸血鬼らしくないと……たしかにその通りだと思ったよ。眷属におじいちゃんと呼ばれる吸血鬼とか聞いたことがない！」

「いいではないか。時代に適応するとはそういうことだ」

「君はそう言うだろうが、私は無理だ。私は吸血鬼らしくありたい……でも吸血鬼らしさが最近よくわからなくなってきている……血が足りないのだろうか」

「聖女あたりから吸えばいいではないか」

「ちょっと彼女は若すぎるのだ」

「女が若いのはいいことではないか」

「君は『赤ん坊に本気で結婚を申し込む老人』を見たらどう思うかね？」

「きっとその老人には癒《いや》しが必要であろうな。心がすり切れているに違いあるまい」

「つまり君の申し出はそういうことだ」

「ようするに貴様には癒しが必要なのか」

「そういうことではないが、そういうことだ」

「うーむ、よくわからんが貴様には色々と世話になっている。我が貴様を癒してやろう」

「結構だ。君がどんなにかわいく振る舞おうが、私にはあざとくしか見えない。それに――その声が色々全部台無しにする」

「なるほど。少し待て。……ん、んん！　『吸血鬼さん、ボクが癒してあげるドラ～！』」

「ただの裏声で私を騙《だま》せると思ったか！」

　思わず立ち上がった。

　こんなものが世間で『かわいい』ともてはやされているのだとしたら、そんな世間は滅べばいいとさえ思う。

「やはり声が出ると駄目か。うむ、まだまだ『賢いかわいいあとしゃべる』という激カワ生物への道のりは遠いようだな……」

「君はもう声がそれなんだから、しゃべるのはマイナスにしかならないと思うのだが……」

「大丈夫だ。そのうちかわいい声になる。我の適応能力はドラゴン全一ゆえにな」

「君はなぜそんなにも自分の可能性を信じられるのだ……」

「自分の可能性を自分があきらめてしまったら、叶《かな》うものも叶わないであろう？」

「いいことを言われている気がするのだが、おどろくほど心に響かないな……」

「まあ、我で不満と言うなら、我の配下を連れてこよう。総計七十六匹の四足歩行の生き物たちが貴様の心を毛玉と肉球と尻尾で癒すであろう。ちなみにかわいい動作は伝授済みである」

「最近やけに『型』とか言っていたのは弟子がいたからだったのか……」

「うむ。中でも出来のいい連中は四天王として街に君臨し、ヒトどもから高級残飯などをあたえられているのだ……我の人類支配は着実であろう？」

「ちなみにだけれど、君は支配の果てになにを望むのだね？」

「は？　愛だが？」

「……」

「言ったであろう――『我は、我以外の者が好かれることを好かん』『世界中が我だけを好きであればいい』と」

「言っていたね、そういえば……」

「よいか宿敵よ。我らは滅びた。我や貴様が生き残ってはいるものの、もはや絶滅と言って過言ではない状況に追い込まれたのは事実であろう。これは、受け止めねばならん」

「ああ」

「だが、なぜここまで執拗《しつよう》に我らは潰《つぶ》されたのか、貴様は考えたことがあるか？　いくら敵対している相手とはいえ、絶滅というのは、やり過ぎだと思わんか？　少しぐらい生かしておいてともに歩むとかの落としどころは本当になかったと思うか？」

「いや……そこまで考えたことはなかったかな」

「そこが貴様の若さよな」

「そういえば君の方が年上だったね」

「まあ我の中身は美少女であるゆえ、年齢のあたりはおいておいて――我らが絶滅したのはな、我らが愛されていなかったがゆえよ。愛されていたら、どれほど実害があろうとも我らは存続できたであろう。ドラゴン愛護団体とかきっといたぞ。愛されていたのなら」

「……うーん……君の意見はわかるよ。わかるのだがね、いちいち『そういう表現で語ってほしくないなあ』と私の中のなにかが叫ぶのだ。もっとシリアスにというか……」

「吸血鬼はこれだから」

「私としては『ドラゴンはこれだから』という感じなのだが……」

「それが、種族の隔《へだ》たりであろうな。ヒトと我らのような、明確な違い――これを埋めることは不可能だ。愛以外ではな」

「君は愛の可能性を信じすぎではないかね？」

「ドラゴンゆえにな。ドラゴンはヒトに愛と夢をもたらす超絶カワイイ生物なのだ」

「私の知るドラゴンではないな」

「では貴様の思うドラゴンはどのようなものなのだ」

「傍若無人《ぼうじやくぶじん》で残虐非道、楽しみでヒトの人生を奪い、気に入らないことがあれば鼻息でヒトの生活を吹き飛ばす。黄金と酒と美しいものが好きで、自分以外のすべての生物の価値を認めない、でかい爬虫類《はちゆうるい》かな……」

「そんな生物が実在するのか……怖っ」

「君のことだったんだよ」

悲しいなあ……

尻尾を丸めて震えるかつての宿敵を見て、男性は泣きそうになる。

「我、爬虫類とか無理だわ……」

「自己否定かな？」

「我は哺乳類《ほにゆうるい》であるぞ」

「どこが」

「心だが？」

「心ってすごいな」

「うむ。馬鹿にできんものよな」

「ああ本当に……君を見ていると悩んでいたことが馬鹿馬鹿しくなってくるよ」

「我のカワイさにひれ伏したか」

「君の退出後、涙を流さない自信がない」

「なぜ我の退出後なのだ。我の前で涙を流せばよかろう。舌で舐《な》めてやるぞ」

「……………ありがとう」

色んな言葉が頭の中をうずまいたけれど、けっきょく、微笑を浮かべてそれだけ言うのが精一杯だった。

今までもたいがいだったが、最近は特に激しい時代の流れを感じる。

「まあ貴様に元気を出してもらえたならよかった。我は世界に愛と元気を振りまく生物ゆえにな……そういうアイデンティティのもと、創世記から生き続けている」

「過去改変はやめたまえ」

「記憶などあやふやなものよ。嘘でもつき続ければ、未来には本当のこととして伝わる。ゆえに我はドラゴンのイメージをいい方向へ誘導し続けるのだ」

「そうか。もうなにも言うまい。というか言う元気がわかない」

「癒しが足りぬならいつでも我を頼るがよい。カワイイのを斡旋《あっせん》してやる」

「もう君はどこへ向かっているのかわからないのだが」

「明日へであろう。生きている限り、生物は常に明日へ向かって歩むものだ。——ではな」

ドラゴンがピコピコ足音を立てながら部屋を出て行く。

残された男性は顔を覆う。

そして一人、つぶやいた。

「……ああはなるまい」

32話　吸血鬼は作り笑いがうまくなっていく

「おじさん、朝ですよ！」

元気のいい少女の声に、男性は目を細める。

最近は彼女が来る時にはすでに男性は来客用ソファに腰掛けていて、部屋のカーテンは開いているのだった。

「おはようございます！　昨日はちょっと用事があって来ることができなかったんですけど、お変わりないでしょうか？」

「ああ、まあ……」

変わりはないが、変わり果てた宿敵の姿は見せつけられた。

男性は昨日のことを思い出すとちょっと複雑な気分だ。

「元気ないですね？　大丈夫ですか？」

「……大丈夫だ。おかけなさい。今、お茶を出そう」

「ありがとうございます！　では！」

聖女が男性の正面に腰掛ける。

ほどなくして、メイド服姿の少女によりお茶が運ばれてきた。

どこからどう見ても優雅な貴族の朝という感じだが、間違いがいくつかある。

それは男性が吸血鬼なのに早起きしている点と――

最初はコウモリだったはずなのにいつのまにか『え？　最初からヒトガタでしたけど？』というような顔ですましているメイドがいることだった。

男性は吸血鬼である。

少女はその眷属だった。

今ではそんなことを言っても頭がおかしい人扱いされるだけだが、本当なのだ。

世界にはかつて、たしかに今のヒトが『不思議』とひとくくりにする者どもが存在した。

それが現在、ドラゴンを中心になにかもうひどいことになっている。

「あ、そうだ、眷属ちゃん、いい？」

男性が涙を流しそうになっていると――

聖女が眷属を呼び止めた。

「今日はねー、眷属ちゃんにお土産《みやげ》があるんだよ。……はい、これ、お人形！」

と、聖女がどこからともなく取り出したものは、たしかに人形に見えた。

手の平に乗る程度のサイズの、少女を模したものである。

トガリ耳と、背中に生えた透明な四枚羽根に、やけにきわどい衣装は間違いなく女児向け人形のようだった。

人形のようだったのだけれど。

なにかこう、聖女の手の上で、人形が、必死に、男性に対し目配せをしているような……

「……あー……聖女ちゃん、その、なんだね、人形を置いて少し席を外してくれないかね？」

「え？　どうしてですか？」

「ううんと……ほら、なんというのかな……そう、眷属は恥ずかしがり屋でね。あまり人前でしゃべりたがらないのだよ。だから人形がほしいかどうか、私がこっそり聞いてみようかと思ってね」

「たしかに眷属ちゃんの声ってあんまり聞いたことないですもんね。わかりました！」

聖女が人形（?）を置いて退出する。

バタン、と扉が閉まり――

人形が――人形と呼ばれていた手の平サイズの少女みたいなナニカが、むくりと起き上がった。

「危ないところを、ありがとうです」

可憐《かれん》な少女の声でソイツは語る。

男性は口の端をあげて笑う。

「やはり貴様は妖精か」

「はいです。神殿で遊んでいたらあの聖女に捕らえられ……気付けば吸血鬼の目の前で……たぶん、妖精さん、これから死ぬですね……」

声が絶望によどんでいた。妖精はあきらめきった表情でどこか遠くを見ている。

男性は片眉を上げ、首をかしげた。

「貴様、妖精にしてはずいぶん知能がありそうだな？　私の知る妖精は、もっとこう、虫のような存在だったように思うのだが……知能らしきものはなく、きわめて動物的というか」

「昔はそうだったです。でも、最近大気中のマナが少なくって妖精が生まれなくなったので、我々は進化をしたです。つまり──この妖精さんは、エリート妖精さんなのです」

「ふむ……ようするに時代の流れの犠牲者なのだな。古き者も抗《あらが》えぬ、これが時流の力か」

「妖精さんは難しそうなことを言う相手には『わかるー』という態度でうなずくことにしているのです。なぜならそうすると賢そうに見えるからなのです。わかるー」

「……まあ、その程度の知能でも、私の知る妖精と比べればだいぶ進化しているか」

「わかるー」

「会話ごとに貴様の知能が下がっているようだが」

「妖精さんの全力は受け答え三回ぶんぐらいしかもたないのです」

半端《はんぱ》な進化ほど悲しいことはないなと男性は思った。

最近目にするすべてが悲しい。

「まあ、とにかく、貴様の事情はなんとなしにわかった。妖精に対しては個人的に思うことがないでもないが、ウチで過ごすことを許そう」

「わかるー」

「……わからない時は、素直に『わからない』と言いなさい。わからないくせにわかるぶられるのはストレスがたまる」

「わかるー」

「……正直に言うと？」

「わからないです」

「ウチにいていい」

「好きです！」

チョロいとかそういうレベルではなかった。

なにかもう、会話できない方がマシである。

「……時代の流れか」

「わからないです」

「わからなくていい」

「わかったです！」

「……お腹《なか》は空《す》いてないかね？」

「おなか？」

「知能知能」

「あっ……うーん……うーん……」

「なにをしているのかね？」

「……うーん……よしっ！　頭にいっぱい力をいれたから、知能があがったです！　さ、質問をどうぞ！」

「聖女ちゃんが帰るまでジッとしてなさい」

「ジッ！」

「……私が『いい』と言うまで動かないように」

妖精は動かなくなった。もう永遠にこのままでいい気がした。

ともあれ――男性はパチンと指を鳴らす。

眷属がうなずき、部屋の外から聖女を連れて来る。

聖女は男性に近付き、首をかしげた。

「どうでした、おじさん？　眷属ちゃんはお人形いりますかね？」

「ああ。ありがたく受け取っておくよ」

ここで『いやこれは人形じゃなくて妖精だ』というアピールを入れてもよかったが――

めんどうそうなのでやめた。

ぶっちゃけ、もう、自分が吸血鬼だという一点さえゆずらなければ、他の種族が世間でどう思われようが知ったこっちゃなかった。

ドラゴンとの付き合いで学んだのだ。種族にはそれぞれ考えがあって、誰もが全力でアピールをしたいわけではない。

「こうして我らはお伽噺《とぎばなし》になっていくのだろうな」

「どうしたんですか？」

「いや」

男性は首を横に振り――『最近作り笑いばかり上手になっていくな』と思いながら、笑った。

33話　やっぱり妖精に知能はいらない

「そういえば貴様は神殿でなにをしていたのかね？」

男性は語りかける。

相手は手の平サイズの女の子だ。

第三者視点で見れば、真っ暗な部屋で、お人形をテーブルに置いて、それに語りかけるちょっと危ない中年男性だった。

もちろん男性は危ない人ではない。

というかヒトではない。

吸血鬼だ。

テーブルの上に座る、透明な四枚の羽根が生えた、トンガリ耳の、若干《じゃっかん》きわどい衣装を身につけている手の平サイズの少女は、妖精だ。

もっとも、世間では『吸血鬼』や『妖精』なんてお伽噺にしか出ないことになっている。

だからやっぱり、ここにヒトがいれば、おじさんは『ヒキコモリおじさん』から『危ないヒキコモリおじさん』に進化してしまうことだろう。

幸いにも、ここには男性と妖精しかいなかった。

聖女は先ほど帰り、眷属は菜園に水やりに行っているのだ。あとドラゴンはたぶん散歩。

「先ほど、『聖女ちゃんに捕まった』と言っていたが……」

「寝てたらつかまれたのです」

「なるほど」

どうやら動いている妖精を捕獲したわけではないらしい。

男性は胸を撫《な》で下ろす――聖女は動いている妖精を目撃したうえで『人形です』と渡してきたわけではなかったのだ。

もしそうなら怖すぎる。

動いているものを捕まえておいてそれでも人形扱いしていたとしたら、狂気を感じる。

「聖女さんに捕まって妖精さんはなんにもできなかったのです……怖くて固まるばかりです」

「まあ、貴様の体の大きさではな……」

「はい……妖精さんは進化したエリート妖精さんのはずなのに、無力だったのです……前々から思っていたですけど、妖精さんには決定的に足りないものが一つあるのです」

「……数多くあると思うが、貴様の意見をとりあえず聞こうか。やっぱり知能かな？」

「いいえ、筋肉なのです」

聞き間違いかな？

男性は聴覚を正常に戻すために一度耳に指を突っこんで鼓膜を破壊してから再生し、

「すまない、もう一度。貴様に足りないものとは？」

「筋肉！」

「いや、うーん……」

「足りてないのです！」

「まあたしかに足りてないのだけれどね？　もっとこう、あると思うのだよ、色々」

「妖精さんはエリート妖精さんの名に恥じない妖精さんに生まれ変わるのです。趣味は筋トレ、好物はタンパク質、好きな言葉はシックスパックなのです！」

シックスパック――腹筋が六つに割れた状態の妖精とかイヤすぎる。

別につるつるお腹が好きとかそういうことではないのだけれども……

「その……『妖精』のイメージにそぐわないとは思わないのかね？」

「いめえじ？」

「クソッ！　もう知能が限界か！」

「あわわわわ……待ってほしいのです。怒らないでほしいのです。今、頭に力を入れて賢くなるのです」

「普通、そんなことをしたって賢くはならない！」

「うーん……うーん……はい！　頭がいい！　これが筋肉の力なのです！」

「絶対に違う。そして『頭がいい』という発言は頭がよくない」

「吸血鬼さん吸血鬼さん、なんのお話かわからないですけど、腕立て伏せしながら聞いていいです？」

「まあ、かまわないが……」

「うーん……一回……うーん……うーん……！」

できてねえ……

『二回』というカウントコールが永遠に来なさそうだった。

「妖精よ、なんかもう頼むからやめてくれ。貴様に筋肉はいらない」

「胸筋と三角筋が『まだいける』と言っているのです！」

「幻聴だ」

「じゃあ僧帽筋と上腕二頭筋が……」

「貴様はひょっとして知能リソースのほとんどを筋肉の名称暗記に費やしているのではないかね？」

「わかるー」

「脳味噌が筋肉になりかけているようだね」

「ノーミソは筋肉になるですか⁉　夢のようです！」

男性は顔を覆うしかなかった。

バカも極まると哀愁《あいしゅう》しかない。

「妖精さんがんばってシックスパックになるのです」

「ちなみに貴様、シックスパックがなにかは知っているのだろうね？」

「将来の夢なのです！　妖精さんはそのうち妖精さんからクラスチェンジしてシックスパックになるのです！」

「貴様自身がシックスパックになるのか……」

「あ、そうなのです。筋トレにいいものがあるらしいのです」

「なにかね？」

「『ぷろていん』というらしいのです」

「ふむ。……聞いたことがあるような、ないような。それはどんなものなのかね？」

「筋トレ後に使うらしいのです。つまり使用タイミングは今なのです」

「……ああ、腕立てをしていたね。一回」

「忘れるところだったのです。ちょっとさがっててほしいのです」

「まあ、さがれと言うならさがるが……」

「いくですよー。はああああああ……ぷろていん！」

「……それは呪文的なものなのかね？」

「どうです？　ぷろていんのお陰で筋肉がパンプアップしたですよ！」

「傍目《はため》には変わらないが、まあ、貴様が満足しているならばそれでいいのだろう……」

「今日も筋肉だったのです。妖精さんはこうしてちょっとずつ筋肉さんになっていくのです。今はすでに『ようせい』じゃなくて『きうせい』ぐらいにはなっているはずなのです」

　次の段階は『きんせい』なのだろうか。

もう男性は微笑むしかできない。

「神はやはり残酷だな……」

なぜ妖精に知能なんか与えてしまったのか。

男性は世の無常を儚《はかな》まずにはいられなかった。

34話　ドラゴンと妖精を出会わせてはいけなかった

「エリート妖精さんなのです！」

「………なんだ貴様は」

男性はテーブルの上で繰り広げられる自己紹介に頭を抱《かか》える。

見た目は小動物と人形。

この光景を第三者が見れば、男性がお人形遊びをしているように見えるだろう。

だが、赤い小動物も、きわどい衣装の人形も、生物なのである。

ドラゴンと、妖精――現代ではお伽噺にしか登場しない、『いないもの』とされている過去の遺物たちであった。

姿もだいぶ変わっている。

かつてのドラゴンは――

山のような巨体をほこり、その性格は凶暴にして自己中心的、他者などゴミぐらいにしか思っておらず、気に入らなければその息吹《いぶき》ですぐに灰にするような生き物だった。

今は見る影も……

ではなく。

生きる方針をだいぶ変えているようだが、いちおう、機嫌を損《そこ》ねない方がいいだろう。

男性はそう考え、妖精を紹介することにする。

「あー、竜王よ。これは新しい同居人となる、妖精だ」

「妖精なのは見ればわかる。だからこそ気に入らんのだ」

「まあわかる。私も妖精には色々と思うところがあるからね。君もか」

「うむ。こやつらは暖かい季節になると涌《わ》いて、いつのまにか宝物庫に入り込み、我の蓄えた財宝で遊んだりする。追い散らそうにも狭い隙間《すきま》に隠れてしまうし、息吹で燃えかすにしようとしても、隠れている場所が場所なので、できん。まったくうざったいやつらよ」

「私も似たようなものだよ。暑い夜などに目覚めると部屋をブンブン飛んでいるものでね。しかもこいつらはとにかく逃げ足が速い。数も多い。クスクスという笑い声などもあげるもので、眠れない日も少なくなかった」

「……我らは互いに、妖精には煮え湯を飲まされているというわけか」

「そうだね」

「…………」

「……………」

男性とドラゴンの視線が、妖精に向いた。

妖精はなにかを察したように慌《あわ》てる。

「え、エリートなのですよ！　この妖精さんはエリートなのです！」

男性は苦笑する。

ドラゴンへ向けて言った。

「……まあ、現状、害もない。知能面はたしかに向上しているように思うよ。自制心もあるようだし、基本的には善良な生き物だろう」

「ふむ。つまりこの妖精は、ブンブン飛び回り時折意味なくムカつくクスクス笑いをし、人の持ち物で好き勝手遊ぶ即刻死ぬべき害悪ではないということか」

「君はかなり妖精に色々やられたようだね……」

「我は巨体であったし、この四肢ゆえにな。妖精はある意味天敵なのだ」

「まあ、そうか」

「そして——今は、そうだな……」

ドラゴンが長い首をもたげ、ジロジロと妖精を見る。

妖精は居心地悪そうに体を抱いた。

「な、なんなのです？」

「貴様——カワイイな」

「ありがとうなのです！」

「二足歩行のあたりが最高に素晴らしい。ヒトガタのくせにヒトならざるそのサイズ、そして美貌、素晴らしい。まことに素晴らしいぞ」

「わかるー」

「わかるか。以前の我であれば、貴様をあぶったり刻んだりしたであろうが——今の我には、貴様のより有効な使用方法がわかっているぞ。貴様はわかるか？」

「わかるー」

「そうか。やはりどこぞのおっさんとは違うな」

ドラゴンはうなずく。

どこぞのおっさんは苦笑した。

「君、そいつはたぶん、わかっていないぞ。あと『どこぞのおっさん』とは私のことかね？」

「おっさんであろう？」

「たしかに私はおっさんだが、君に『おっさん』と言われるのは納得いかないのだがね……君は私から見ても『おじいさん』ではないか」

「我は魔法でこの姿に変えられた美少女である」

「ただの設定だろう⁉」

「貴様がそういう野暮《やぼ》なツッコミをしなければ、誰も真実などわからん。我は美少女である」

「いや、君、世界の始まりから生きているという触れ込みだったではないか！　あとメンタルが完全にエロジジイだぞ！」

「お、おこらないでほしいドラ～」

「やめたまえ！　なんか虫酸《むしず》が走る！」

「まったく貴様は……これだけカワイイ我になんの感動も示さんとはな……感性が死んでいるのではないか？」

「君のカワイイさはハリボテではないか……完全に後から身につけた技術の産物だろう」

「そうだな」

「……認めるのかね？」

「うむ。我は数多《あまた》の型を開発し、カワイイくなるためにできることはすべてやった。しかしやはり計算の養殖物よ。そこは謹《つつし》んで認めねばならん」

「えらく早く『すべて』が終わったようだが……」

「我は『賢き泰山《たいざん》』と呼ばれた竜の賢者なるぞ。頭の出来が違う」

「そうか……まあ……うん……そうか……そうだな。そういうことでいいだろう。それで？」

「すなわち我は――一人でできることの限界にたどり着いたのだ」

「…………」

「我はユニットを組むぞ。そこの馬鹿と。我に足りぬ『天然感』を補うために！」

「君はその……どこを目指しているのかね？」

「ふ。決まっておろう――最もカワイイ生き物だ。なぜならば、我は竜。竜とは古来より『最もカワイイ生き物』として世界に名を馳《は》せておるゆえな……」

「嘘はやめたまえ」

「貴様がツッコミを入れなければ我の発言が事実となっていく」

ならばツッコミを続けねばならないだろう――

男性は静かに決意した。

「まあ、ユニットと言い出したのはな、貴様があまりにも我に魅了されんゆえにな。我のゴールは、貴様をカワイさで悶《もだ》えさせることと見出《みいだ》したのだ」

「純粋に気持ちが悪いのでやめてくれないかね?」

「しかし貴様は、我が知力を尽くし考えたあらゆるカワイさが通じぬ」

「まあ、私は君の昔の姿を知っているし、君が種族を問わず女性を囲ってハーレムを築いていたことも知っているし、なにより君の声が渋すぎるからね……」

「そこで、そこの馬鹿だ」

「別に私は、妖精だからといってカワイイと感じるような感性もないのだが……妖精が今までしてきたことがどうにも頭にちらついてしまうのだよ」

「しかし、我とそこの馬鹿がユニットとして完成した時、貴様は知ることになるぞ」

「なにをだね?」

「小動物と幼女の組み合わせの力を、だ」

ニヤリとドラゴンは笑った。

なんとなくイラッとするドヤ顔だなと男性は思った。

「宿敵よ――我が宿敵よ。貴様との決着、思えばついておらんかったな」

「待て。やめてくれ。君と私との決着を、『カワイさ』でつけようとするのはやめてくれ。思い出が穢《けが》れる」

「貴様が我らのカワイさに悶えるか、我が『こいつ我らをカワイイと思わんとか頭おかしいんじゃないか？』と煩悶《はんもん》するか、さて、勝負といくか」

「やめろと言っているだろう！」

「そうと決まれば、ぼんやりとはしておれんな。——行くぞ馬鹿」

バサァッ！　とドラゴンが羽ばたく。

妖精が首をかしげた。

「ひょっとして妖精さんに言ってるですか？」

「そうだ。貴様には『カワイイ動作』を覚えさせねばならん」

「それは筋肉でどうにかなるです？」

「なるぞ。たいていの動作は筋力でどうにかなる——『後ろ足立ちチョイチョイゴハンの型』などは消耗《しょうもう》も激しい。並大抵の肉体ではカワイさは維持できんのだ」

「わかるー」

「貴様とはいい同志になれそうだ」

「妖精さんとお友達ですか⁉　好きです！」

「では行くぞ。我らは栄光の未来に向けて行かねばならない」

「わかるー」

ドラゴンと妖精がペット用出口を通って部屋から出て行く。

男性はパタンと閉まるドアをしばらく動けないまま見つめていた。
なにかが始まろうとしている。
男性は深く後悔した――ドラゴンと妖精を出会わせてはいけなかったのである。

35話　妖精さんは食べ物ではありません

「…………………………」

「一回……うーん……うーん……」

来客用テーブルの上では妖精が腕立て伏せをしていた。

眷属はその様子をしゃがみこんでジッと見ている。

『妖精』。

そして『吸血鬼の眷属』。

どちらも世間では『いない』とされているが——彼女たちはこうして生きている。

普段は吸血鬼やドラゴンまでいるのだが、今、部屋には二人きりだった。

主は妖精用の家具を作るため部屋におらず、ドラゴンは知らん。

妖精のあえぎ声だけが響く。

「うーん……うーん……！」

妖精はプルプル全身を震わせながらも、どうにか二回目の腕立て伏せをがんばっていた。

いったん曲げた腕を、今は伸ばそうとしているところだ。

「うーん……んー……！　に、かい！」

妖精はついに腕立て伏せ二回目を終えた。

そうしてドサリとテーブルの上に倒れこんだ。

眷属はパチパチと拍手をする。無表情のままだが温かい拍手だった。

「ありがとうです……好きです……」

「…………がんばった」

「がんばったです。妖精さんはこうして筋肉さんになっていくのです……」

「がんばった」

眷属が神妙にうなずく。

第三者がいれば、状況の異様さにおどろくことだろう。

それは人形サイズの生き物がしゃべったり動いたり、まして筋トレしていたりすることに対してではない。

もちろん愛想の欠片《かけら》もないメイド服姿の少女がいることにでもない。

このメイド服の少女が、こんなにもしゃべることが、異様なのだった。

「……のみもの」

「妖精さんは花の蜜がほしいのです。でもその前にやらなければならないことがあるのです」

「……？」

「さがっていてほしいのです」

「……」

眷属はうなずき、しゃがんだ状態のまま一歩下がる。

妖精は体中をプルプルさせながら立ち上がり――

「はあああ……ぷろていん！」

「……？」

「運動直後の『ぷろていん』は欠かしてはならないのです。筋肉が超回復してシックスパック化が近付いていくのです」

「…………？」

「妖精さんはいずれシックスパックさんになるのです。妖精さん、筋肉さん、そしてシックスパックさんなのです」

「…………」

眷属はうなずいた。

どうでもいいからうなずいておいたという感じだった。

会話が切れたタイミングで、眷属が立ち上がる。

部屋から出て、しばらくして戻ってくる。

手にはティーセットを乗せたトレイを持っていた。

普段はミルクなどを入れる小さな容器の中には、琥珀《こはく》色の粘性のあるものが入っている。

花の蜜だ。

「……たっぷり、のむといい」

「ありがとうです！　好きです！」

「…………おふろもある。かっぷ」

「眷属さん優しいのです！」

妖精は満面の笑みで言った。

眷属もちょっと微笑んだ。

妖精は抱えるようにして、ミルク差しの蜂蜜を飲む。

そして服のままティーカップのお風呂にダイブした。

「極楽なのです……」

妖精が息を漏《も》らす。

眷属はまた妖精のいるテーブルの横にしゃがみこむ。

そして、人差し指を妖精へと伸ばした。

「なんなのです？」

「……さわりたい」

「妖精さんの腹筋に興味あるですか⁉」

「……」

腹筋はないので、ないものに『興味があるのか』と言われて眷属はさぞ困ったことだろう。

しかし肯定的《こうてい》な雰囲気なのでいいと思ったのか、眷属は人差し指で妖精のつるつるお腹を軽くつついた。

「…………」

「くすぐったいのです」

「……まだやわらかい」

「これからギッチギチになるのです。ギッチギチなのです」

「…………ほどよいのがいい」

「なのです？」

「…………がんばって」

「がんばるのです！」

「きたい、してる」

眷属はかすかに微笑んだ。

そして。

口の端に垂れたよだれを、袖《そで》でぬぐった。

「おいしく、そだて」

「なのです？」

「がんばって」

「がんばるのです！」

妖精が拳を握りしめる。

眷属は嬉しそうに妖精の腹をつんつんした。

ちなみにあとで主に色々バレて『食べちゃダメ』と言われるのだが、それはまた別なお話。

36話　吸血鬼は腰と対話したい

「おじさん、朝ですよー！」

ガッシャアアアア！

けたたましい音を立ててカーテンが引き開けられる。

部屋に差し込んだ朝日がゴシックな調度品の並ぶ部屋を照らす。

男性は身をジリジリと焼かれつつベッドで上体を起こした。

「……ん？　聖女ちゃんかね？　今日は早いのではないか？」

「あれ？　早いですか？」

「うむ。まだ眷属も寝ているような時間のようだが」

「……でも、時間は……」

聖女は首をかしげながら、ゴソゴソと腰のあたりを探った。

そして懐中時計を取り出し、

「……あ、止まってる……」

「おや。なかなか古めかしくていい時計だね？」

「はい。なんでもわたしが神殿前に置き去りにされていた時に、首にかかっていたようで」

「……そういえば君、捨て子だったか」

「『捨て子』っていう言い方は今、倫理的に使っちゃいけないことになってるので、『神の子』でお願いします」

「めんどうくさい世の中になったものだね……」

「でも困りました。なにぶん古くて、今の時計屋さんでは修理できないらしいんですよね……」

「どれ、私が見ようか？」

「おじさん、修理できるんですか⁉」

「これでも手先は器用な方でね。この部屋の家具はだいたい私の手製だよ」

「そうなんですか⁉　おじさん、その技能を活《い》かして外でお仕事――」

「さあ、時計を見せてもらおうか！」

男性は言葉を遮《さえぎ》るように、勢いよく立ち上がろうとした。

しかし――

「……⁉」

「どうしたんですかおじさん？」

「…………………」

「おじさん？　なんで腰を浮かせかけた体勢のまま固まってるんですか？」

「……………こ」

「こ？」

「腰、が……」

「まさかギックリ腰⁉」

「いや……そうとは限らない……まさか、私がギックリ腰？　ははは……はは……」

「なんでそこで強がるんですか⁉」

男性は吸血鬼だった。

今時の若者は『お伽噺の登場人物である幻想生物』としか思ってくれないが、闇夜に舞い、血液を糧《かて》とし、望んだ相手を眷属とし、傷を負っても再生するような超生物なのだ。

それが――ギックリ腰などと。

ありえない。

いや、ありえてはならない……！

「おじさん、今支えますから！　ゆっくり、ベッドに座りなおしましょう？」

「大丈夫。私はそんな、ギックらない」

「プルプルしてるじゃないですか！　脂汗《あぶらあせ》垂れてるじゃないですか！　いいですから、ほら、ゆっくり、ゆっくり、ゆっくり！」

聖女が男性に近付いて、その体を支える。

そして慎重な動作で男性が横になるまでをアシストした。

「横になった時、膝《ひざ》を曲げると腰に負担がかかりにくいですよ」

「そうか。私はギックリ腰ではないが雑学として覚えておこう」

「なんで強がるんですか⁉」

「ツヨガッテナイガ？」

「なんて抑揚《よくよう》のない声！　あの、今、ギックリ腰は若い人もなりますから。お年寄りだけがなるやつじゃないですから。心配しなくていいんですよ？」

「そうではない。私はほら、吸血鬼だからね」

「今そういうのはいいんですってば！」

信じてくれない。

まあしかし、実際、ギックリ腰のような症状で苦しんでいる姿を目の前にさらしては、信じてもらえなくても無理はないだろう。

通常であれば、こういうのもすぐに再生して痛みがなくなるはずなのだが……できてない。

以前、聖女の前で翼を生やそうと思ったらできなかったが、それと同じ原因だろうか？

……真っ二つになって吸血鬼性を証明しようとしたこともあったが――

やらなくてよかった。

「おじさん、お医者にかかりましょう！」

「大丈夫だ……私はそのギックリ腰などではない……ただちょっと、そう、腰が休みたがって悲鳴をあげただけなのだ」

「それをギックリ腰って言うんですよ⁉」

「大丈夫……腰と対話すればいいだけ……私の腰は案外話がわかるヤツでね……」

「わたしからは、おじさんが極限状態に見えるんですけど⁉」

たしかに意識は若干もうろうとしているかもしれなかった。

吸血鬼は痛覚がにぶいわけではないのだ。

ケガをしても平気なのは、どんな傷もすぐ再生するからだ。

持続的な痛みにはあんまり強くないのだ。

「聖女ちゃん……聖女ちゃん……ハァ……ハァ……」

「おじさん、呼吸が死にそうですけど絶対大丈夫じゃないですよね⁉　お医者行きましょう！　連れて行きますから！」

「イヤだ……外に出たくない……」

「こんな時に意地張らないでくださいよ！　そもそもなんで出たくないんですか⁉」

男性はもうろうとする意識の中、質問に答えようとする。

そして――

「聖女ちゃんとの、約束が……」

「わたしとの⁉　約束なんかしてませんよ！」

「…………」

「おじさん？　おじさーん⁉」

「と、とにかく、一度部屋を出てくれ……そうすれば、治る……はず」

「治りませんよ！」

「試しに……治らなかったら、お医者、行くから……」

「そうまで言うならわかりましたけど……治らなかったら絶対外に連れて行きますからね！」

念押ししつつも、聖女が部屋から出て行く。

パタン、とドアが閉まる。

男性は呼吸を整え――

「……ふう。いや、ひどい痛みだった」

男性は最後に一度、大きく息を吐く。

そして、立ち上がった。

体は軽い。

痛みはない。

やはり再生能力は死んでいなかった。

よかった。

「聖女ちゃん、お騒がせしたね」

呼びかける。

すると、ドアを開けて聖女が戻ってきた。

「さあおじさん、お医者様のもとへ行きましょう！」

「行かない。なぜなら、治っているからね」

「ええっ⁉　嘘ですよ！」

「本当だとも！　私は吸血鬼だからね！」

男性は跳ねたり腰をひねったりしてみせる。

聖女はいぶかしげな顔をした。

「……外に出たくなくって無理してるわけじゃないですよね？」

「もちろんだとも！　私は！　吸血鬼だからね！」

「つまりおじさんは、専門的な治癒《ちゆ》魔法が使えるんですか？」

「……いや」

「あ、そうですよね。ごめんなさい。専門的な治癒魔法が使えるのに、私の前で使わず、痛みに耐えて自己再生したみたいに振る舞ってまでのキャラ付けをないがしろにしてしまうところでした……本当にごめんなさい」

……まあ。

吸血鬼の能力に頼らなくてもギックリ腰を治す技術が存在するなら、現代っ子にはそう思われてしまうのだろう。

男性はもうこのぐらいではへこたれなかった。

なにせ、吸血鬼だと証明するだけならば手段は他にもあるのだ。

「……君とは長い付き合いになりそうだね」

十年でも二十年でも、付き合おう。
なぜならば男性は吸血鬼。
油断しなければ老《ふ》けない、至高の化け物なのだから。
油断しなければ。

番外編　おっさん吸血鬼の昔話

「ガラにもなく昔のことを思い出してしまったな」
男性はベッドに腰掛け、酒瓶を手にしていた。
最近はずいぶんとお酒もご無沙汰《ぶさた》だったが――今日は飲みたい気分だったのだ。
酒瓶にそのまま口をつけ、あおる。
舌を焼くようなアルコールと、少し甘酸っぱいブドウの風味。
口の中で転がして香りを楽しみ、それから喉《のど》をすべらせ胃に落とす。
吸血鬼は酒に酔わない。
だが、思い出に酔うことはできる。
男性は――パチン、と指を鳴らした。
ほどなくしてガチャリと部屋の扉が開く。
そして現れたのは、黒髪で片目を隠した、メイド服姿の少女――眷属《けんぞく》だ。
「こちらへ来なさい」
男性が命じると、眷属はしずしずと歩み寄ってくる。

彼女は男性の目の前に立ち、首をかしげる。指示を待っているようだ。

男性は酒瓶を床に置き――

「少し昔話をしてやろう」

「…………」

「そこ、あからさまにイヤそうな顔をしない。この城にいる中では、お前ぐらいにしか語れない話なのだよ。我慢して聞きなさい」

「……？」

「聖女のことだ。今の聖女ちゃんではなく――五百年ほど前にいた、彼女のことだ」

「……」

眷属は、とりあえずイヤそうな顔ではなくなった。

彼女の感情を読み取るのは難しいが――

『聞いてもいい』というサインだと男性は思うことにする。

「思い出すな、お前がかつて、ただのコウモリだったころに存在した――人外と見るやカナヅチと巨大な杭《くい》を手にして『神の名のもとに！　神の名のもとに！』と言いながら建物や地面に縫い付けにくる、バーサーカー聖女を」

「……」

眷属はどんびきしていた。

男性は苦笑する――思い出しただけでもヒヤッとするぐらい、なんていうか、傍目《はため》に見て、とんでもない異常者だった。

あの信仰にひたりきったキラキラした瞳は忘れたくとも忘れられるものではない。

「思えば『聖女』という存在のあり方も、かつてと今とではだいぶ変わったものだ。……だが、実はね、そのバーサーカー聖女、この城で一緒に住んでいたことがあるのだよ」

「……!?」

「おや、覚えていないのか？　意外だね」

男性はややおどろく。

眷属は首をかしげていた――なぜ『意外』と言われたのかがわからない、という様子だ。

だから男性はわずかに笑い――

「……まあ、当時のお前はただのコウモリだったものな。変質の際に記憶を喪《うしな》ってしまったのかもしれん。いや、お前の生態は、主《あるじ》であるはずのこの私にさえ謎だらけなのだがね？」

「……」

「それでもなぜ、お前がかつての聖女を覚えていないことを『意外』と述べたかといえば――それは、お前の容姿が、かつての聖女に似ているからだ」

「!?」

「だから影響を受けているのかとも思ったが……記憶にはないが深層心理にはあるということかな？　昔の聖女は一度相対《あいたい》すれば忘れ得ないインパクトがあったからね」

「……」

「彼女と私とが戦った理由は、実につまらないものだったよ。彼女の『神』の教えでは、ニンゲン以外の知的生命体がいてはならないことになっており、私はニンゲンではない知的生命体だった。神の教えは絶対で、だから、実在する私の存在自体が神の教えに背《そむ》いている——そんな理由で何度も攻撃を仕掛けられたよ」

「……」

眷属がひいていた。

たしかに、今考えても意味はわからない。

吸血鬼は実在しちゃっているわけだし、普通に考えたら『神』の方が間違っているということになりそうだが……

「まあ、間違いを認めないのが宗教というものなのだろうね」

「……」

「ともあれ、何度も戦い、何度も追い散らし、時には逃げて生命をつないだこともあったが——ある日ついに聖女を追い詰めることに成功したのだ」

「……」

「私は聖女を殺す寸前まで追い詰めた。だが、殺さなかった」

「……？」

「あれほど『神』の教えを盲信する聖女が、もしも吸血鬼になったらどうするか、興味があったのだよ。だから私は彼女にたずねたのだ。『貴様が吸血鬼になるというならば命を助けてやろう』とね」

「……」

「そこ、ひかない。当時は私も、まあその、なんだ。若かったからね。ところが聖女は私の中し出を断った。まあ織り込み済みだったので、私は普通に治療し、彼女との対話を試みたのだ。吸血鬼化による治療などしたらすぐさま自殺しそうだったのでね」

「……たいわ？」

「いやだって、杭とハンマーで人外と見るや否《いな》や襲い来るバーサーカーだぞ？　なにを考えて生きているかとか、戦闘以外どういうことをしているかとか、知りたいではないか」

「……」

「優雅だろう？」

「ありえない。そういうの、なめぷ、という、です」

「……」

どうやらしゃべるのが嫌いな眷属が、わざわざ口に出すほどありえないことだったらしい。

まあ振り返ってみれば、男性自身そう思わなくもない、若気のいたりというヤツだ。

だが――

「お前の言う『舐《な》めプ』は意外な効果を発揮したぞ。色々あって、聖女との対話に成功したのだ」

「……!?」

「まあ私も意外だったし、当時、対話を試みるのにも飽き始めていて、もう二、三日『神よ』『神の敵に天罰を』以外の言葉をしゃべらないようだったら殺そうとは思っていたのだが……」

「……」

「ひくな。若かったのだ。きっかけは――まあ、なんだったか忘れたが。とりあえず対話は成った。私は彼女に様々なことを聞いたよ。その多くは『信仰』というバイアスがかかっていてあんまり意味のない言葉だったが、一つだけ、彼女の真意を知ることができた」

「……？」

「彼女の根底にあるのは信仰ではなく復讐だったのだ。人外に家族を殺された復讐心」

「……」

「素晴らしいではないか。心情を理解しがたい神の尖兵《せんぺい》と思われた聖女が、実にニンゲン的な動機で動いていたのだ。そして彼女は夢さえ私に語った。『いつか、人々が人外のモノどもの恐怖を完全に忘れた、優しい世界を創りたい』と、彼女は言ったのだ」

「……」

「ヒトが我らを忘れることなど不可能と、私は反論した。しかし聖女はやってみせると豪語した。そして私は、彼女の意思を面白いと思い、見届けるために、彼女の願いが叶《かな》うまで決してヒトの世界にかかわらぬことを誓い――」

「……」

「――本当に、ヒトが人外の恐怖を忘れた世界が今、ここにあるのだ」

「……」

「素晴らしいではないか。百年ぽっちしか生きられぬヒトが、たったそれだけの限られた時間で、世界を変えたのだ」

「……」

「そしてなにより面白いのが、この、人外の恐怖を忘れた世界において、人外の存在を忘却した今の聖女が、私をヒトの世に解き放とうとしていることだ」

「……！」

「わかるか眷属よ。過去の聖女に感化され、私はこの城にこもることを決めた。それなのに今の聖女が、今さら、私を外に出そうとしているのだ。私の気持ちが、わかるか？」

「……」

「そうか、わからぬか。つまり私が言いたいのはな……『今さら言われても困る』ということだ」

「……えっ」

「私の気持ちはもう、なんていうかだね……『世界の外側から世界のあり方を見つめる状態』に入っているのだよ。今さら『世界に来て』と言われたところで『ちょっと』となるだろう」

「……」

「だから私は外に出ないのだ。つまり私がヒキコモリをしているのは、過去の聖女のせいだ」

男性はうなずき、酒をあおる。

そばで見ていた眷属は――

「…………たぶん、ちがう」

それだけは言わねばならないという意思を込めて、つぶやいた。

あとがき

色々ありましたが無事に出版となりました。

まずは担当様へ。

このたびは拙作を拾い上げてくださりまことにありがとうございます。

書籍化はもうないかなーと思うまもなくお声がけくださり、だいぶ精神的に助けられました。

本当にありがとうございます。

イラストの晩杯《ばんぱい》あきら様。

吸血鬼（ヴァンパイア）を取り扱った拙作でイラストレーター様のお名前がヴァンパイアのキラーっぽいのは妙な巡り合わせを感じております。

素敵なイラストをありがとうございます。続刊が出たらまたよろしくお願いいたします。

他にもＷＥＢからの読者様を始めとし、書店様、流通様、デザインや校正に携わってくださった方々、みなさまのお力で本作は出版されております。

深い感謝を。

人のつながりはいいぞ！（光属性の発言）

稲荷　竜

ダッシュエックス文庫

異世界Cマート繁盛記5
新木 伸
イラスト／あるや

異世界Cマート繁盛記6
新木 伸
イラスト／あるや

異世界Cマート繁盛記7
新木 伸
イラスト／あるや

劣等眼の転生魔術師
～虐げられた元勇者は未来の世界を余裕で生き抜く～
柑橘ゆすら
イラスト／ミユキルリア

インスタントラーメンが大ブーム！ 異世界の人たちは、ぱんつをはいてなかった!? 常連が増えて楽しい異世界店主ライフ第5弾！

砂時計にコピー用紙に竹トンボまで、今日も現代アイテムは大人気。今度はおまつりで現代の屋台を準備してみんなで楽しんじゃう！

エナや美津希ちゃんのアタックに押され気味の店主が営む平和なCマート。でも、バカエルフを連れ戻しに来たとか言う奴が現れて!?

眼の色によって能力が決められる世界。未来に魂を転生させた天才魔術師が、魔術が衰退した世界で自由気ままに常識をぶち壊す！

ダッシュエックス文庫

おっさん吸血鬼と聖女。
稲荷　竜

2018年8月29日　第1刷発行

★定価はカバーに表示してあります

発行者　鈴木晴彦
発行所　株式会社　集英社
〒101−8050　東京都千代田区一ツ橋2−5−10
03(3230)6229(編集)
03(3230)6393(販売/書店専用) 03(3230)6080(読者係)
印刷所　株式会社美松堂/中央精版印刷株式会社

ISBN978-4-08-631263-9 C0193